残照

ブラディ・ドール❼

北方謙三

ハルキ文庫

角川春樹事務所

本書は平成四年十二月に刊行された角川文庫を底本としました。

BLOODY DOLL

KITAKATA KENZO

残照（ざんしょう）

北方謙三

残照

BLOODY DOLL

KITAKATA KENZO

目次

1 尾灯（テイルランプ）……7
2 路地……14
3 ピアノ……22
4 カウンター……33
5 試験紙……43
6 診療所……51
7 夜……62
8 土……71
9 日曜日……81
10 魚の腹……89
11 傷……99
12 二人……107
13 ほほえみ……119
14 気……128
15 こめかみ……137
16 裸身……146

17 意味……156
18 夜景……165
19 魚……175
20 霧雨……186
21 親父……197
22 夢……207
23 手……220
24 汗……231
25 医師……242
26 パイプ……252
27 幻……262
28 身代り……270
29 幕……280
30 遠い光……289

1　尾灯（テイルランプ）

潮の匂（にお）いがした。

海が好きだと思ったことは、一度もない。育ったのは長野県の山の中だったから、泳ぎを覚えたのも湖だった。海に泳ぎに行くようになったのは、東京に出てきてからだ。いまは泳げる季節でもなかった。

俺の財産といえば、二万キロ走ったRX7と、後部座席に放（ほう）りこんだ二つのスーツケースと、銀行預金の残高をゼロにしたためにちょっとばかり厚くなった牛革の財布くらいのものだった。心さえ、俺の財産ではない。

いやな街だ。はじめての時も、二度目の時もそう思った。いまも変らない。やけに赤っぽい夕方の光が、街をすっぽりと覆っている。血を薄めた水の中にあるような街だ。

俺は、十日前から再びはじめた煙草（たばこ）に火をつけた。会社のデスクの抽出（ひきだし）の奥に、五年前のジッポが眠っていて、オイルの匂いさえしなくなっていたが、ガソリンを綿にしみこませてやると、結構使えるようになった。ほかの私物はみんな捨てたが、これだけは持っていることにしたのだ。

高速道路を降りて、二十分ほどで駅に着いた。駅のそばの、四階建のビジネスホテルに部屋をとった。この街に、長くいる気はない。小さな窓と、ベッドと、バス。それだけあれば充分だ。ベッドの脇には、ようやく通れるほどの余裕があるだけで、ほかには椅子すらもなかった。

俺は、しばらくベッドに腰を降ろしていた。不思議なことに、なにも考えたりはしなかった。十日前までは、ベッドどころか、会社のデスクでも、電車の中でも、飯を食いながらでもひとつのことを考え続けていた。

いまなにも考えないのは、多分、やることを決めてしまっているからだろう。

煙草を二本灰にすると、俺は腰をあげて電話に手をのばした。三度のコールで繋がったが、やはり留守番電話だった。十日前に話した時から、いくらかけても留守番電話しか出なくなっていた。メッセージの言葉も、もう見つからない。受話器を置き、一度部屋を出て廊下の自動販売機で缶ビールを二本買って、一本のプルトップを抜き、飲みながら戻ってきた。

窓の外は、もう暗くなりはじめていた。明るくても暗くても、窓からはなにも見えはしない。手をのばせば届きそうなところに、隣の建物のベージュ色の壁があるのだ。

二本目のビールのプルトップを引いた。爪がのびて黒い垢が溜っていることに気づき、俺はスーツケースのひとつをひっくり返した。ようやく、爪切りが見つかった。パチパチという、爪を切る音が部屋の中に響いた。手と足の爪を全部切ってしまうと、シャワーを使った。くたびれたバスタオルを腰に巻いて出てきた時、ようやく六時になっていた。セーターの上に革ジャンパー。

部屋を出て、車に乗りこんだ。

暗くなっても、やはりいやな街だ。走っている車も気に入らないし、舗道を歩く若い連中の笑顔もつまらない。前の車を煽るようにして、俺は目的の道の入口に辿り着いた。駐車の場所を見つけにくい道だったが、構わず乗り入れた。ようやく灯の入った両側の看板を見ながら、ゆっくり進んでいく。タクシーが後ろからクラクションを鳴らしてきたが、気にしなかった。

黒いポルシェが駐っている店があった。どうせ買えはしないので、外車のことはあまり気にしないようにしていた。それでも、ポルシェを欲しいと思ったことはある。店の看板を見た。『ブラディ・ドール』。気障な名の店だ。

そこを通りすぎ、さらに数百メートル進んだ。

車と車の間に隙間を見つけ、俺は強引にRX7を尻から突っこんだ。三度切り返して、ようやく狭いところに車体が収まる。ヨーロッパなら、前後のバンパーをぶっつけながら入れるところだが、それをやると日本では警察沙汰だろう。

パリに駐在したのは、一年半だった。その間、仕事のほかに空手道場のコーチなどをやった。俺は支店開設のための準備要員で、一年半待たされた挙句、本社の事情で計画が中止され、日本に呼び戻された。

あいつと会ったのは、そのころだった。日本に戻って連絡をとると、パリで世話になったからと、食事に招かれた。時々会い、やがて関係し、あいつのマンションで一緒に暮すようになった。女に養われていたわけではない。俺はそのまま会社員を続けていて、時にはあいつに毛皮を買ってやったりしたものだ。家賃も、一緒に暮すようになってからは折半だった。

車を降りると、俺は数十メートル先の、『アケミ』という緑の看板にむかって歩きはじめた。時計を見た。六時四十分。

ドアを押した。まだ客はいなかった。音楽もかかっていない。

「こりゃ、どうも」

マスターが言った。迷惑そうな表情がよぎるのが、はっきりわかった。ほかに、ママと知らない女の子がひとりいるだけだ。

「洋子(ようこ)はいないんですがね、もう」

「水割り」

構わず俺はスツールに尻を載せ、煙草に火をつけた。

「洋子、やめちまったんですよ」

「どこへ移ったんだい？」

「さあね。客を呼ぶ子だったんで、やめられたくなかったんですがね」

　俺のせいでやめた、とでも言いたそうな口ぶりだった。このひと月の間、俺は二度しかこの店へ来ていない。つまりこの街へ来た回数と同じで、俺はあいつに会うために来たのだった。この店でしか、あいつに会うことはできなかったのだ。

　水割りがカウンターに置かれた。ママも新しい女の子も、店の隅でナプキンを折っていて、俺に近づいてこようとはしなかった。

　二杯飲むと、俺はトイレに立った。戻ってきた時、マスターは電話をしていて、ママはカウンターの中だった。おしぼりが差し出される。音楽もかかっていた。やっと営業しようという気分になったようだ。

「来月が、稼ぎ時だな」

「そうでもないのよ。うちみたいにちっちゃなとこは、師走(しわす)だって細々とやってるだけ」

「ここ、工場がいっぱいあるじゃないか」

「まあね。でも東京とは人口が違うから」

　つまらない話だった。女の子は、隅でまだナプキンを折っている。

「洋子って、東京で長かったんですってね？」

「知ってて、雇ったんだろう？」

「いい子が来たとは思ったわ。でも、ひと月しかいてくれなかった。あたしは、ちょっとばかりほっとしたけど」

ママが、マスターの方にちょっと眼(め)をくれた。マスターが惚(ほ)れかねない。そういう意味だったのだろうか。

あいつの名前は、ほんとうは洋子ではない。まりこという名だ。店によって名前が変る。水商売では当たり前のことだろう。

「電話しても、いないんだよな。ここへ電話しても、いないと言われた」

「そりゃ、やめたんですから」

「やめる前の話さ」

「じゃ、洋子が出るのをいやがったんだわ。そういう時は、いないって言いますから」

「はっきり言ってくれるじゃないか」

正直に、と言った方がいいのかもしれない。確かに俺はこのひと月、しつこい男の役を演じていた。いまも、当然しつこいと思われているだろう。しかし、まりこまでほんとうにそうだと思っているのか。

留守番電話がセットしてあるところをみると、この街にいるのは確かだ。この街だけで、酒場が何軒あるのか。一軒ずつ回るのに、どれだけの時間が必要なのか。

時間は、たっぷりあった。会社を辞めて、この街へやってきたのだ。

さらに水割りを二杯飲んで、金を払い、俺は外へ出た。ようやく人通りが多くなりはじめている。夕めしがまだだったことを、ふと思い出した。食欲はあまりない。

車に乗りこんだ。出る時は、一回の切り返しで済んだ。

繁華街を抜けた。『アケミ』にほんとうにいないのかどうかは、わからない。たまたま出勤時間が遅れたのかもしれない。それも、確かめようはある。会社から休暇をとって、この街へ来ているのではないのだ。毎晩でも、『アケミ』に顔は出せる。

海の方へむかった。そちらの方が、車が少なそうに思えたからだ。車が少ないところへ行って、どうしようという考えがあるわけではなかった。知らない街だから、どこでもひとりっきりなのに、ただ人のいない場所へ行きたがっているだけだ。

海沿いの道へ出た。

時折対向車がやってきて、慌ててハイビームを消したりしている。俺はロービームだけで、曲がりくねった道をトロトロと走った。シフトダウンの中ぶかしの音を派手に響かせて、後ろに迫っていた車が抜いていった。

テイルランプが遠ざかっている。突っ走りたいやつは突っ走りゃいい。低い声で呟いた。自分の声ではなかったような気がして、俺は思わず闇の中に眼をこらした。

抜いていった車の、テイルランプが見えるだけだ。一度遠ざかっていったそれが、また近づいてきた。速度を落としたのかと思ったが、停まっていることにそばまで行ってようやく気づいた。それもセンターラインの真中に、俺の進路を塞ぐような恰好でだ。

ブレーキを踏んだ。左右ともに、きわどく車が通り抜けられるほどの幅しかない。テイルランプが、ゆっくりと動き出した。誘っている。いや、ただ導いているだけか。ギアをローに入れ、一度停めた車を俺はまた発進させた。

2 路地

二人とも、俺よりずっと若かった。

やっと二十歳になったというところだろうか。ひとりはガムを噛(か)んでいて、もうひとりは両手をポケットに突っこんでいる。

「悪いこと言わねえからさ、街から出なよ」

ポケットに手を入れた方が言った。俺は、二人との距離を歩数で測っていた。三歩と四歩。踏み出した時にこちらも踏み出せば、一番ダメージを与えられる距離だ。

「わかってんのか。明日もこの街をうろついてやがったら」

「どうする気だよ?」

「まあ、この程度じゃ済まねえな」

踏み出してきた。俺は動かなかった。頭の中では動いた姿を想像し、拳(こぶし)を突き出していた。こいつは、肋(あばら)が一本折れてうずくまっているはずだ。次の瞬間、もう一歩踏み出してきた男が、蹴(け)りを出してきた。それを避(よ)ける姿も、簡単に想像できた。実際の俺は、躰(からだ)を二つに折って、膝(ひざ)をつきそうになっていた。顔への拳。当たったか当たらないかというところで、俺は仰むけに倒れた。なにも知らないやつが見れば、派手にやられたと思うだろう。殴った本人さえ、あまりの呆気(あっけ)なさのせいか、気勢を削(そ)がれたような顔をしている。

「もう、よしてくれよ」

二発ずつ、二人合わせて十秒で片が付く。俺がその気になればだ。

「逆らわねえのは、利巧だよ。まあ、明日の朝までは待ってやる」

「なんで、俺はこんな目に遭わなくちゃならない？」

「余計なことは知るなって。この街とおまえが合ってねえってだけのことだからよ」

「半殺しにされたかねえだろう」

ガムを噛んでいた男が、路肩に吐き出して言った。二人とも、躰は隙(すき)だらけだ。俺は、ゆっくりと立ちあがり、ジャンパーのポケットに手を入れた。煙草に触れたが、出して火をつけようとはしなかった。二人とも、これ以上手を出す気配はなかったからだ。挑発してみてもはじまらない。

「わかったな」

二人は車に戻り、派手な空ぶかしから、ホイールを滑らせて急発進していった。

チンピラまで、手応(てごた)えのない街だ。それにしても、なぜ襲われたのかは、やはり考えてしまう。街から出ろと言われるほど、俺は大物でも悪党でもなかった。第一、この街に入ってから、なにもしていないのだ。ホテルで時間を潰し、『アケミ』で水割り四杯を飲んだだけだ。

俺は車に戻り、しばらく走って脇道に尻を突っこむと、方向転換をした。面白くなってきた。なに事もなく、まりこも見つからないよりは、二、三発撫でられて、そこからなにか起きた方が面白いに決まっている。

開き直ったような気分だった。とことん、やれる理由ができたようなものだ。

小さな食堂の前で車を停めた。港のそばの、一杯呑屋も兼ねた食堂だった。カウンターに腰を降ろして、焼魚と丼のめしを註文した。食欲はないと思っていたが、食えば註文しただけ食える。躰は元気だ。

カウンターの端のテレビを眺めながら、煙草を二本喫った。勘定を済ませて出ていく俺の姿を、誰も気にしようとはしなかった。

また、同じ道に戻ってきた。通りの入口のところに車を停め、歩いて入っていった。駐車する場所など、もう見つかりそうもなかったからだ。

ひと筋裏の路地に入った。『アケミ』のマスターは、時々息抜きに外へ出てくる。それは俺が知っているかぎりでは、裏の路地の方だった。

ザラついたモルタルの壁に寄りかかって、待った。二時間でも三時間でも、待つことはできる。それでも出てこなければ、看板まで待てばいいのだ。

やはり、なにも頭には浮かばなかった。なにをやるのかを、決めているだけだ。

じっと立っていると、方々の店の騒ぎ声が聞えた。笑っているやつもいれば、唄をうたっているやつもいる。人間の騒ぐ声というのは、風で戦ぐ森に似ていた。子供のころ、俺はそれによく耳を傾けたものだ。大抵はうまく眠りに入りこめなかった夜で、怖いものとして聴いたことはない。生まれた時から、耳に馴染んだ音だったのだ。

俺の家は、長野の山の中の温泉地にある旅館だった。親父は俺が中学生の時に死に、おふくろが切り盛りをしていた。ほんとうは、風に戦ぐ樹木の音ではなく、遅くまで騒いでいる客たちの声だったのかもしれない。

小さな木のドアが開いた。出てきたのは、ビールケースを抱えたマスターだった。

俺がすぐ後ろに立つまで、マスターは気づかなかった。ビールケースを置いて腰をのばしたところで、俺は肩を叩き、こちらをむいた躰の真中に拳を叩きこんだ。

マスターは、しばらく声も出さなかった。海老のように背を丸め、弱々しく足を動かしているだけだ。

「俺が誰だかわかるかね、マスター？」

しばらくしてから、俺はマスターの耳もとで言った。

「いろいろと、教えて貰えそうだと思ったんでね」

「後悔するぞ」

　弱々しい声だった。まだ起きあがる力はないらしい。両膝をついてうずくまった恰好だった。髪を摑んで、俺はマスターの上体を引き起こし、頰に二、三発食らわせた。

「さっきのチンピラなんか、どうでもいい。今度会った時に、人生がどれほど思い通りにならないか、身に沁みるようにしてやるよ」

「俺は」

「いいんだよ。まりこがどこの店にいるか、答えてくれりゃいい」

「知らない」

「知ってるさ。あんたも、損得の計算ができないわけじゃないだろう。苦しい思いをして喋るのと、あまり苦しまずに喋るのと、どっちがいいんだ」

「知らない」

　まだ髪を摑んだままだった。腹に軽く蹴りを入れる。二度、三度。明らかに苦しそうだった。しばらく間を置き、また三度軽く蹴った。

「こんなこと、俺は専門家じゃないんでね。どのあたりで人間が死んじまうのか、よくわからないんだ」

　また三度蹴った。三度ずつ、間を置きながら。こんなやり方を、どこで覚えたのか自分でもわからない。効果がありそうだと、とっさに考えただけかもしれなかった。

「やめろよ。やめてくれ」

「喋ればいいのさ」

「川中(かわなか)さんのところだ」

「どういう意味なんだ、それは？」

「川中さんが、店をやってる。『ブラディ・ドール』という店だ。頼まれて、そこに世話をした」

「やめさせたくないのに、別の就職口を世話したってことか。変だな。あんたが言ってること、変だと思わないか」

俺は摑んでいた髪を放した。もう蹴らなくても喋るだろう。整髪料の匂いが、掌(てのひら)にしみついている。それを消すように、俺は煙草に火をつけ、左手に持ったまま何度も煙を吐いた。そうしていれば、いやでも左手に煙が吹きつけられる。

「あんたの言ってること」

「違うんだ。うちの店に雇ったのも、もともと頼まれたからだ。洋子ちゃんが移りたいというから、別の店を世話することになった」

「頼んだのは？」

「沖田(おきた)さんだ。俺は、死んだ蒲生(がもう)さんを通じて、沖田さんを知ってた。蒲生さんとは親戚(しんせき)だから、沖田さんとも親戚になる」

「つまり、蒲生と沖田が親戚ということか？」

「従兄弟だ」

「それはわかった。沖田って男は、なんだってあいつのことをマスターに頼んだ？」

「それは」

「沖田ってのが、あいつの男か」

「多分」

「なにをやってる？」

「医者だよ。医者だった人だ」

「だった？」

「東京で開業していて、そこを畳んでここへ戻ってきたんだ」

医者なら、金は持っているだろう。まりこが、なぜ働かなければならないのか。沖田という男が、なぜ就職口の世話をするのか。

これ以上は、この男に訊いても仕方がないことだろう。思ったより、ずっと多くのことを喋ってくれた。

「最後に、もうひとつだけ訊くよ」

俺は煙草を捨て、靴で踏んだ。マスターは、額にびっしりと汗の粒を浮かべて、うずくまったままだ。誰かが見かけたとしても、気分が悪くなった酔っ払いとしか思わないだろう。

「まりこは、なんであんたの店をやめたがったんだ？」

「それは」

束の間言葉がよどみ、マスターは袖で額の汗を拭って、俺を見あげた。

「また、あんたが来るだろう、と彼女は言ってた。会いたくないと」

会いたくないのは、わかっている。だから電話にも出ようとしなかったのだ。それはそれでいい。まるで、逃げた女を追いかけているやくざ者にでもなった気分だ。それはそれでいい。やくざ者になっても不思議はない生き方を、しはじめてしまったと自分では思っている。

パリの一年半が、よくなかったのだ。なんとなくあの街が気に入り、気がつくと浸りきっていた。その時はじめて、自分と同じような日本人が何人もいることを知った。性悪女のような街だと、はじめは思ったものだ。空手を教えている男が、たまたま知り合いだった。学生のころ、対抗試合で顔を合わせたことがあったのだ。コーチを頼まれると、二つ返事で引き受けた。俺は気が滅入るほど待たされていただけで、ほとんど仕事をしていなかったのだ。

モンマルトルの、ポルノショップなどで小金を稼いでいる男が、俺をボディガードに使い始めた。拳銃の撃ち合いに巻きこまれるほどの、大物ではなかったのだ。

「あんたを、嫌っているというわけじゃないような気がする」

「どういう意味だ、それは？」

「そんな気がした。二十年も水商売をやっている男の勘だよ」

それも、まりこに会ってみればわかることだろう。

俺は、少しだけ力をこめて、マスターの鳩尾を蹴った。マスターの躰が痙攣した。

3　ピアノ

入口の感じより、中はずっと広い店だった。

キャバレーふうの造りではない。照明は明るく、ボーイたちの動きは機敏だった。高級を気取った店で、客もその種の連中が集まるのだろう。どこか、鼻持ちならないものがある。

ボックス席へ案内しようとするボーイを無視して、俺はカウンターに腰を降ろした。バーテンが、無表情に頭を下げた。

「ブラディ・メアリ」

無表情のまま、バーテンはグラスをカウンターに置き、ウオトカに手をのばした。

「この店は、何時までだい？」

「十二時に閉店ということになっております」

馬鹿丁寧な言葉遣いだった。あと一時間ほどある。

「女の子、指名してもいいのかい？」

「誰を呼びましょうか？」

「まりこ」

「そういう名の子は、おりませんが」

この店でなんという名なのか、訊くのを忘れていた。店内を見回したが、まりこの姿は見当たらない。

「川中ってのは？」

「女の子でございますか？」

「マスターさ、ここの」

「社長は、ほとんど店へは出て参りません」

それほどの歳(とし)でもないくせに、喋り方はひどく年寄り臭い。この店の気取り方は、この男を見ていてもよくわかる。

ブラディ・メアリが、俺の前に差し出された。ケチのつけようのない出来だった。パリにいたころから、酒にはこだわるようになっていたが、こんなブラディ・メアリには出会ったことがない。ひと息で、俺はグラスを空けてしまっていた。

「もう一杯、お作りいたしましょうか？」

「ソルティ・ドッグ」

スノースタイルのグラスの作り方も、実に見事なものだった。シェーカーの振り方、酒の注ぎ方、量、どれをとっても文句は言えない。急いでいるようにはまったく見えないのに、ひとつひとつの動きは驚くほど素速かった。

「川中って人に会いたい時は、どこへ行けばいい」

「それは、会社の方に行っていただくしかありません。ただ、会社にもいないことが多いようで」

ソルティ・ドッグも、俺はひと口で空けた。

男がひとり入ってきて、俺の隣りに腰を降ろした。バーテンは、素速くジャック・ダニエルをショットグラスに注ぎ、男の前に置いた。

「このところ、沢村さんは看板前にひと仕事やるそうじゃないか」

「仕事じゃありませんね、あれは」

バーテンの口調が、ちょっと砕けた。

「次に、なにかお作りいたしますか？」

俺に対する時は、やはり馬鹿丁寧だ。煙草をくわえると、ジッポの火が差し出されてきた。なにか、字を彫りこんだジッポだ。

「川中って人が、会社にいなかったら？」

「その場合は、会社に現われるまで待っていただくしかございません」

「じゃ、『アケミ』のマスターが紹介したって女を呼んでくれ」

「なんという名前でございますか？」

「それがわからないから、面倒なことをいろいろ訊いてるんじゃないか」

「この店にいるということは、確かでございますか。それなら、御自分の眼で捜された方が早いと思いますが。欠勤している者はおりません」

「ジャック・ダニエル、ストレート」

隣の男がパイプをやりはじめていた。煙草一本では、とても対抗できそうもない煙の量だ。

「俺は宇野っていう者だ。この街で弁護士をしてる。みんなキドニーと呼ぶがね」

濃い煙を吐きながら、男は俺の方へ顔をむけて言った。

「それで？」

「坂井がこの街へ来た時と、同じ匂いをさせてる。だから名乗ってみただけさ。坂井ってのは、野暮で気に食わないと思った客には、馬鹿丁寧な言葉を遣うこのバーテンだよ」

言い返す言葉が、すぐには見つからなかった。坂井と呼ばれたバーテンは、俺の前にショットグラスを置き、ジャック・ダニエルの黒ラベルをきれいに注いだ。相変らず無表情だ。

「川中に会いたけりゃ、毎日六時半にここで飲んでる」

「宇野さん」

「坂井が作る、シェイクしたドライ・マティニーがお気に入りでね。前は、別の男が作っていたこともあったが、死んだよ」

「六時半ね」

「世の中に対して罪を働いてる。そういう意識で客の前に出られないのならまだいいが、単なる人嫌いさ。それで客商売をやってる図々しさには呆れるが」

「開店は、七時からでございます」

「仲間だけで、かたまっていたいタイプなのかもしれんな、川中は。俺自身のことのように、実はあの男のことを俺はよく知ってるんだが、君にはそれだけ教えておこう」

「そいつは、どうも」

「名前は？」

「なんで、名乗らなきゃならないんです？」

「俺は名乗ったよ」

「勝手にね」

「君という人間がよくわかる。なのに名前がわからん。それは落ち着きの悪いことでね」

「なるほど。弁護士さんってのは、よく喋るもんだ」

俺は、ウイスキーを少しだけ口に含んだ。宇野は、まだ口をつけていない。

「人生を放り出しちまった。そんな顔をしてるぜ」

「俺さえわからないことが、あんたにわかるんですか?」

「わかるね」

「参ったな」

ピアニストらしい男が出てきた。客の方など見向きもせず、アップライトのピアノにむかった。ポツンとひとつだけ鍵盤(けんばん)を押し、しばらく眼を閉じていた。

「傷心の芸術家が多くてな、この街は。沢村明敏(あきとし)。知ってるかな」

名前は聞いたことがある。久しぶりに出したアルバムが、ピアノソロであるにもかかわらず、売れたという噂(うわさ)もなにかで読んだ。ただ曲を聴いたことはない。

演奏がはじまった。

指が音を弾(はじ)き出し、音が集まってひとつの世界が作られていく。それがはっきりと感じられる演奏だった。ジョージ・ウィンストンをさらに甘くしたような感じだ、と俺は思った。はじめて聴く曲だが、悪くはなかった。

いいですね、と言いかけた口を、俺は閉じた。宇野は、パイプの煙を吐くのも忘れて、じっと眼を閉じている。言い様もないほど、暗い表情だった。

十分ほどで、演奏は終った。拍手は、どこからも起きない。俺ひとりだけが、スツールから腰をあげて手を叩いた。俺の方を見もせず、沢村明敏は奥へひっこんだ。鍵盤にむかっている時より、ずっと老いて見える後姿だった。

「コンサートにでも来てるつもりかね」

「いいと思ったら、拍手をする。俺が勝手に拍手するんだ。あんたに、つべこべ言われたくはないですね」

「真白なまま、人生を放り出しちまったってとこか」

「捨てようと拾おうと、俺の人生でしょう」

「いくつだ？」

「二十八」

「いい歳だな。自分を自分でズタズタにして、悲劇的な顔をして生きていくには、ちょうどいい歳だよ」

ウイスキーを飲み干し、俺は新しい煙草をくわえた。坂井と呼ばれるバーテンのジッポ。普通のライターとは違う使い方をしているように、俺には思えた。火をつける道具を扱っているという感じではないのだ。第一、バーテンがジッポを持ったりはしない。

入口に、宵の口の二人が現われた。ひとりは、相変らずガムを噛んでいる。

「下村敬、東京から来たよ」

宇野は、聞いているのかどうかよくわからなかった。またパイプに火を入れ、濃い煙を吐き出している。俺はそのまま腰をあげた。

俺が立ったので、やつらは入ってくるのをやめ、入口のクロークのところで待っていた。宵の口よりは、いくらかましな顔をしている。つまりは、本気でやらなければならない、ということがわかったのだろう。

勘定を済ませ、外へ出た。

「命が惜しくねえらしいな、おまえ」

「おまえらにやるには、惜しいよ」

数十メートル歩いた。二人は、両側から挟みこむようにして、俺を路地に引きこんだ。高校生が、高校生相手に恐喝でもやろうとしているような感じだった。

「マスターがどうしてるか、知ってんだろうな、おい」

「路地で酔い潰れてたんじゃないのか」

「ふざけやがって。ぶっ倒れてるところを、ママが見つけたのさ。気分が悪くて起きあがれなかった。いまも、まだ吐いてるぜ」

いざとなると、お喋りな連中だった。やることは、ひとつしかないはずだ。

「馬鹿だな、おまえら」

「なんだと」

最後までは言わせなかった。ひとりに掌底(しょうてい)を入れ、もうひとりを肘(ひじ)で弾いた。二人とも、びっくりしたように尻餅をついている。

「一度、ちょっとでもやり合った相手の力は、測っとくもんだぜ。二人いりゃ、大抵の喧嘩は勝てる。それでガムなんか噛んでたんじゃな」

起きあがろうとするひとりを、蹴り倒した。さらに蹴りつける。肋骨が、二本ばかりは折れただろう。もうひとりは立ったが、明らかに怯えはじめていた。

腹への拳。二つに折れかかった躰を、膝で突き起こす。脇腹への蹴り。肋骨が折れる感触が、靴を通してはっきり伝わってきた。

二人とも、もう起きあがることはできない。まったく、つまらないチンピラを寄越したものだ。煙草をくわえ、火をつけた。うつぶせのひとりを、蹴りつけて仰むけにする。靴で顔を踏み、煙草の火を押しつけた。叫び声があがる。手足をバタつかせても、顔は動かない。ピンで止められた昆虫のようだ。

「おまえら、『アケミ』にいた洋子って女を知ってるな」

踏みつけた男が、かすかに頷いたようだった。もう一度、煙草の火を押しつけた。もうひとりは、まったく動かない。

「いまどこにいる。正直に言え」

「それは、知らねえ」

「死ぬ思いをするぜ」

「ほんとなんだ。知らねえ」

「うちにいるよ」

背後から声が聞えた。数メートル。それまでまったく気配を感じなかったので、俺の肌には一瞬粟が立った。

息を止め、ゆっくりと俺は躰を回した。

立っていたのは、『ブラディ・ドール』のバーテンだった。坂井という名だ。

「うちにいる。だから、その二人はもう放してやれよ」

「猫みたいに歩くね、あんた」

「時にはな」

「店とは、全然違うね」

まだバーテンのベストを着たままだ。ボータイも解いていない。それでも、こちらを圧迫してくるようななにかが、躰全体に漂っていた。こういうのを、凄味というのだろうか。踏みこみ、拳を突き出しても、簡単にあしらわれるのではないか、とやる前から感じさせる。

「会わせてくれるか？」

「それは、俺の知ったことじゃない。それに、一週間前に入って、出てきたのは二日だけだ」

「住所は、知ってるんだろう?」

「そこにはいない。どこにいるか知っているが、それは教えられない」

「誰に訊けばいい?」

「さあね」

坂井が煙草をくわえ、ジッポで火をつけた。俺のライターよりずっと使い心地がよさそうだと、俺は妙なことを考えた。炎に照らされた坂井の顔は、店にいる時よりずっと老けて見える。

「あのピアノ、よかったよ」

「沢村さんは、人に聴かせるために弾いてるんじゃない。なにか別のもののために、弾いてる」

「それでも、すごいピアノだと思った」

「だから、すごいのさ」

俺も、もう一本煙草に火をつけた。チンピラの二人は、まだ倒れたままのようだ。

「また会うぜ。この街で、はじめて面白いやつと会ったよ」

「俺は、あまり会いたくない」

「だけど、会うさ」

「だろうな」

俺は坂井の脇を抜け、通りにむかってゆっくりと歩いた。起きろ、と言っている坂井の声が聞えた。

通りに出ると、俺はようやく足を速めた。打てるか打てないか。坂井と擦れ違う瞬間、無意識に測っていた。そして打てなかった。坂井は、別のものを測ったのか。なにも測らなかったのか。人通りは、まだ多かった。自分の車を通りすぎてしまっていることに、俺は気づいた。

4 カウンター

午近くに起き出し、なんとなく車を出して海沿いの道を走った。

途中で、『レナ』というコーヒー屋に寄った。バタ臭い、熱帯の海辺にでもありそうな店で、母娘らしい二人の女がいた。

「コーヒー」

俺は、テラスのむこう側に海が見える、窓際の席に腰を降ろした。

コーヒーが運ばれてくる前に、排気音が響き、黒いポルシェ911ターボが店の前に停まった。降りてきたのは大柄な男で、タータンチェックの上着を粋に着こなしていた。常連らしく、白い歯を見せて笑うと、カウンターの方に腰を降ろした。しばらくして、また派手な排気音が響いてきた。赤いフェラーリ３２８。俺の、旧型のＲＸ７が、ひどく肩身が狭そうに駐車場の隅にうずくまっている。

　フェラーリの男は、これといって特徴はなかったが、どこかで見たような気がした。パリの暗黒街に、よく似た眼をした男がいたことを、俺はすぐに思い出した。誰もが、その男のことを怕(こわ)がっていた。何度か擦れ違った程度だが、俺も眼を合わせた瞬間に、ぞっとしたものだ。

「秋山(あきやま)が、大物をあげたそうだね。剝製(はくせい)にしてホテルに飾ると言ってるそうじゃないか」

「魚拓にしろ、と言いましたわ」

　喋っているのは、カウンターの中の中年の女だった。高校生ぐらいの娘が、俺のコーヒーを運んできた。

　匂いだけでも、うまいコーヒーだとわかった。この街も、捨てたものではない。こんなコーヒーが飲めるなら、そのためだけに住みつく人間も現われそうだった。

「キドニーには、なにもできんのかい？」

「やつは、あんなことにはどこか白けちまうんだ。気にしてるくせに、片方で白ける。二人の自分を持て余してるようなもんさ」

　キドニーというのは、昨夜会った弁護士のことだろう。乗っている車といい、この街の金持ち連中に違いなかった。

「難しいことですわね、人の死に方って」

気軽な世間話のようだが、内容はよくわからなかった。盗み聞きをする気もない。

俺は、波の音とＢＧＭに耳を傾けた。コルトレーンのバラード。それがよく波と調和していた。海岸に人影はない。きれいな砂浜だから、夏は海水浴場になるのだろう。

他人と違う生き方を、これまでにしてきただろうか。少なくとも、大きな苦労はしていない。子供のころから、旅館にやってくる客の姿はよく見ていた。男と女。それもよく見た。しかし、大きな傷を受けることはなかった。思い出せないような、小さな傷は無数にある。客だった女を、ひとり好きになった。まだ小学生のころだ。その女は、山を散歩し、風呂に入る以外は、ほとんど部屋に閉じこもってじっとしていた。四、五日経って男がやってきた。ひと晩だけ泊って帰っていった男とはまた別の男が、それから四、五日経ってやってきた。女がいる間に、四人の男がやってきて、俺は四人目の男と風呂で交っている女の姿を、夜中に見た。思い出せる傷といえば、そんな他愛ないものだ。

はじめての深い傷。いまがそうなのだろうか。ほんとうに傷なのかどうかも、自分ではよくわかっていない。

コーヒーを飲み終えた。俺は煙草を一本喫い、金をテーブルに置いて腰をあげた。カウンターの二人の男は振りむきもしなかった。

海沿いの道はずっと続いていた。やがて太平洋に張り出した岬に着いた。大きな灯台がある以外、人の姿はなかった。風が強く、灯台を見物するような季節でもないのだ。

同じ道をしばらく引き返すと、再び海沿いの道になった。それをさらに進むと原子力発電所があるらしいが、俺はそこまで行かず方向転換をした。

同じ道を戻っていく。途中のスタンドで一度給油した。それ以外は、どこにも停まらなかった。『レナ』の前には、もうポルシェもフェラーリもいなかった。

街へ入り、ホテルへ戻った。シャワーを使い、シャツだけ替えて、きのうと同じ革ジャンパーを着こんだ。

まず飯を食った。詰めこめるだけ詰めこむなどという食い方は、俺はしない。上品に、ステーキを三百グラムほど食っただけだ。それから、通りに車を停めたまま、繁華街を歩いていった。

黒いポルシェ911ターボ。『ブラディ・ドール』の前に停まっていた。駐車の張番をしているらしいボーイも、その車だけは特別という顔をしている。

店に入ろうとした俺の腕を、ボーイが軽く押さえた。

「開店は七時からでございます」

「川中さんに会いに来たんだ」

それで、ボーイは俺から手を放した。あの男が川中かもしれない、と俺はクロークを通りすぎながら思った。

カウンターのタータンチェックの男。『レナ』でフェラーリの男と一緒にコーヒーを飲んでいた。思った通りだった。カウンターの中の坂井は、俺にはちょっと眼をくれただけだ。

「川中さん？」

男が、俺の方へ顔をむけた。好奇心に満ちた若々しい眼をしているが、四十歳くらいだろうか。

「下村って者です」

川中の前には、空のカクテルグラスが置かれていた。

「訊きたいことがありましてね。岡本まりこって女のことです」

「君か」

言って川中が、白い歯を見せて笑った。思わず引きこまれそうな気分に、俺はなった。抗うように、俺はジャンパーのポケットに手を入れた。

「沼田さんも困ったもんだ。あんなチンピラを使ったりして」

沼田というのは、『アケミ』のマスターだろう。いままで、名前を知ろうと思ったことはなかった。

「かけないか」

川中の言葉に、こちらを探ってくるようなものはなにもなかった。椅子があるからかけろと言った。そんなふうにしか聞えなかった。

「お飲物は、なんにいたしましょうか？」

腰を降ろした俺に、坂井が馬鹿丁寧な口調で言った。

「川中さんと同じもの」

「シェイクしたドライ・マティニーで、社長専用ということになっております。ステアしたものなら、お出しできますが」

「いらねえよ」

「そうですか」

「酒を飲みたくて、この店に来たんじゃないんだから。俺は、岡本まりこに会いたいんですよ、川中さん」

「そうですかってわけにはいかないんだな、これが」

「会う権利が、俺にはあると思ってます」

「その権利というやつを、行使するのは勝手さ。俺には関係ない」

「この店に、いるんでしょう？」

「休んでるよ。多分、ずっと休み続けるってことになるだろう」

「どこにいるかは、教えられないってことですね」

川中は、なにも言わなかった。坂井が黙々とグラスを磨いている。女の子たちが出勤する時間なのか、カーテンの奥の方で声が聞えた。

「このままじゃ、俺は自分の始末がつけられないんですよ。宙ぶらりんのままだ。一緒に暮してた女が、ある日帰ってこなかった。一週間ほどして、別れてくれという手紙が来ましたがね」

「そいつは、とんだことだったな」

川中は笑っていたが、馬鹿にされたような気分にはならなかった。

「手紙だけじゃなく、電話もかかってきた。それも、別れてくれの一点張りだ。この街の『アケミ』って店で働いてることは聞き出しましたがね。俺はすぐに会いに来た。二度会いましたよ」

「じゃ、いまさら会っても同じだろう」

「俺自身も、中途半端な状態のまま、会っちまった。会社の休暇なんかとってね。まりこが、俺を嫌いなら嫌いでいい。嫌いなはずはないと思ってますがね。自分の始末を、きちんとつけたいんです」

川中が煙草をくわえた。坂井が素早く火を出す。

「会社、辞めちまったんですよ。習慣で通うようになってたから、今度のことがなけりゃ辞められなかったかもしれない。人生を棒に振ったと、きのうここで言われましたけどね」

「誰に？」

「宇野って弁護士さんですよ。事情もなんにも知らなくて、あの人はただ俺の顔を見てそう言ったんです」

「自分では、どう思ってる？」

「わかりませんね。どこかへズルズル落ちてるのかもしれない。女への未練が断ち切れなくて、仕事まで放り出しちまったって恰好ですから。ただ、落ちるにしたところで、自分の始末はその場その場できちっとつけておきたい、と思ってます」

「きちっと別れられりゃいいのか？」

「理由がわかってね。俺には、まりこはまだ俺のことを好きだとしか思えないんです。自惚れかもしれないけど、感じるんですよ」

「わかった」

「会わせてくれますか？」

「俺は知らんよ。関りたくもない。岡本まりこは確かにこの街にいる。教えてやれるのはそれだけだ。そんなに会いたいんなら、自分で捜し出せよ」

「わかりました。邪魔はしないでくれますね」

「勿論」

「俺のやり方で、やりますよ」

「サラリーマンだったんだろう？」

「いまは違う。やりたいようにやれないのが、サラリーマンってやつでね」

「面白そうだな」

「笑いたきゃ、笑えよ」

「笑う気はない。肩入れする気もな。岡本まりこだって、多分自分が試されるってことになるんだろう」

まりこがどこにいて、なにをしているか川中は知っているのだろう。それを、俺に教える気も持っていない。

俺という人間が、ふらりとやってきて、御託を並べている。川中には、そんなふうに見えているのだろうか。もう俺の方を見ていないし、関心も失ったように思えた。

「一杯やっていけよ」

俺が腰をあげようとすると、川中が言った。坂井が、注文も訊かずに、ワイルド・ターキーのストレートを俺の前に置いた。

「焦らなくても、岡本まりこがこの街から出ていくことはない」

ここで飲む理由はないと思ったが、沢村明敏が奥から出てきて川中の隣りに腰を降ろしたので、俺は気を変えた。

「沖田は、あそこを動かないのかね、やはり」

「動けと勧める者もいませんでね」

ピアノを聴きたいと思っていたのだが、別のものが耳に入った。沖田という名には、聞き覚えがある。まりこの男。東京で医者をやっていたという男。

「あんたが、なにか言ってやるのがいいと思うんだがね、川中さん」

「蒲生の爺さんがいれば、多分なにか言ったでしょうが」

「その蒲生さんのために、沖田はあそこにいるんじゃないのかね」

「責めないでくださいよ、俺を」

「そんなつもりはないが、考えているとむなしくなってきてね」

二人の会話は、別段なにかを隠しているというふうではなかった。沖田というまりこの男が、なにかをやっている。それを川中も沢村も止めたがっている。止めたいのに、止められなくて困惑している、という感じがあった。

「キドニーが、このところ、看板前の先生の演奏を聴きに現われるそうですね」

「あの人がなにを感じ、なにを考えているか、私にはわからんよ」

「自分でもわかりたくなくて、おかしな言葉を並べたてるんです」

「つまり、言葉じゃないってことか」

「沖田のことじゃ、キドニーが一番こたえているでしょう。沖田から眼を離せないでいるんですよ。わざわざ出かけていって、十分ばかり喋っていったそうだし」

「それで」

「途中で、自分がやっていることを客観的に眺めて、耐えられなくなっちまうんだ。そこの坊やと反対だな」

俺のことを言われたようだった。沢村は、俺にちょっと眼をくれただけで、なにも言いはしなかった。

俺は、ショットグラスのウイスキーを、口に放りこんだ。沢村の前に置かれた飲物は、ソルティ・ドッグだ。坂井は、二人の会話に口を挟むでもなく、じっと立っている。

5　試験紙

俺は車に戻った。

沖田という男を見つけるのに、それほどの手間がかかるとは思えなかった。沖田が見つかれば、まりこも見つかるだろう。

まだ七時を回ったばかりだった。

街の中を一周して、どういう方法があるのか考えようとした。赤いフェラーリが見えたのは、五分も走らないうちだった。ビルの下にうずくまっている。俺はフェラーリの後ろに車をつけ、持主が現われるのを待つことにした。

七時半を回ったころ、『レナ』で川中と一緒だった男がビルから出てきた。

「訊きたいことがあるんですがね」

男は足を止め、俺の方に眼をむけてきた。眼を合わせると、たじろぐような気分に襲われた。

「沖田って人が、どこにいるか知ってるでしょう?」

「知ってるがね。いきなり訊かれる理由がわからないな。ちょっとばかり、不躾な質問じゃないのかね」

「わかってるんですが、急いでるもんで」

「変った人だね。俺はあんたを知らん。だけどもあんたは、俺を知っているような口を利くじゃないか」

「会いましたよ。数時間前に、『レナ』って店で。そこで、川中さんと喋ってた。だからもしかすると、沖田って人のことを知ってるんじゃないかと思って」

「あの時話してたのは、沖田のことさ」

それだけ言って、男はフェラーリのドアに手をかけようとした。ビルから、もうひとり知った顔が出てきた。宇野という弁護士だ。

「俺に、依頼しなきゃならんことでも起きたのか、坊や。ここは、俺の事務所の真下だぜ」

「そうですか」

「叶も知ってるのか?」

「いや。いまここで、いきなり沖田の居所を教えてくれ、と言われたところさ」

フェラーリの持主の名は、叶というらしい。よく考えてみれば、知ってるか知らないかわからない人間に、俺は声をかけたのだった。宇野ならば知っている。川中と沢村の会話の中に、宇野の名前は出ていた。

「宇野さん、教えてくれますか？」

「なぜ？」

「知ってるから」

「叶だって知ってるよ。川中もな。そういえば、川中に会える唯一の時間はもう過ぎちまったな」

「会ってきたところです、いま。だけど教えてくれなかった」

「君が捜してるのは、最初から沖田なのか？」

「いや、岡本まりこって女ですよ。沖田って人を見つければ、まりこも見つかるってことがわかってきたんです」

「なるほどな。そして川中は教えなかったか」

「俺は行くぜ、キドニー」

叶と呼ばれる男は素早くフェラーリに乗りこみ、すさまじいエンジン音を響かせて走り去った。

「ありゃ殺し屋なんだ。多分、なにも知らずに訊いたんだろうが」

言われると、確かにそんな眼をしているとも思える。あの眼の印象でつけられたニックネームなのか。気づくと、宇野は歩きはじめていた。ブルーのシトロエンCXパラス。それが宇野の車らしい。

宇野が乗りこもうとするところで、俺は肩に手をかけた。見かけより痩せていて、掌に骨の感触があった。乗れというように、宇野は助手席の方を指した。

「この街は、ほんとにおかしなところでね」

しばらく走ってから、宇野が言った。

「吸い寄せられるように、いろんな人間が集まってくる。なにかあるのさ。だから、君みたいに人生を放り出したやつまで、ここに流れ着くんだろう」

「好きにゃなれませんよ、ここを」

「嫌いだが離れられない。みんなそうさ」

車は、海の方にむかっていた。宇野は、それ以上なにも言おうとしない。パイプをくわえ、濃い煙を吐きはじめただけだ。俺も、煙草に火をつけてみたが、そんなものでは喫っているのかどうかもわからなかった。

慎重だが、意外に大胆なところもある運転だった。特にコーナーがそうだ。遠心力でロールが深くなる。曲がる方向と反対に、車体が傾くのだ。俺の車でもそうなるが、シトロエンのサスペンションは、びっくりするほどやわらかかった。コーナーでは、ハンドルを一発で決める。切り戻しをしないので、サスペンションの揺り戻しもない。ひどく傾きながらも、普通の車より速くコーナーを曲がっていく。

つまりは、この車をきちんと乗りこなしているということだろう。

「自分が、なんで生きてるのかわからないか、下村」

宇野は、俺の名前をちゃんと憶(おぼ)えていた。

「それで、女を追いかけるような真似(まね)をしてみるのか？」

「わかりませんね、自分でも」

「じゃ、俺が決めといてやろう。おまえは自分がなんで生きているのかもわからないほど、漫然と生きていた。心のどこかに、それを不満と思う気持があったのさ。そこで女に逃げられた。追いかけることで、なにかを確かめたい。女の気持なんかじゃなく、自分の心の中のなにかをな。つまりは生きてるって証(あかし)を欲しがってるんだ」

「人間は、誰でも生きてるじゃないですか」

「反論するな。俺が決めてやっているところだぞ。生きながら死んでる男なんてのは、いくらでもいる」

「俺は、まりこの気持を確かめることで、自分にケリをつけたいんですよ。それだけです」

逃げた女を追いかける。自分がそういう男だと思ったことはなかった。俺の性格からいって、じっとしているより追いかけることの方が、プライドが傷つけられると思っていた。

それでも、現実に女が消えてしまうと、自分でも想像もしなかった執拗さで追いかけている。そのことで、いまのところプライドも傷ついてはいない。

ほんとうに、まりこを好きなのか。逃げたから追いかけているだけなのか。

「やりたいだけ、やりゃいいさ。どうにもならないものがあるってことが、いまにわかる。その時に、もう一度苦しめばいい」

「俺は、苦しんではいませんよ。確かめたいだけなんだ。確かめなきゃならない」

「つまり、自分が生きてるってことをな。逃げた女を追いかけることで、それが確かめられりゃ、生きるなんてことは、大して苦労もいらないとわかるだろうさ」

「無駄だ、と言ってるみたいですね」

「いいか、下村。ひとつだけ教えてやろう。生きてる人間が、自分が生きてることを確かめる方法がひとつだけある」

「なんですか、それ？」

「死ぬことさ。死んでみりゃいい」

「弁護士さんってのは、ずいぶんと無茶を言うんですね」

「おまえが人生を放り出してみた。それは、死のうとする気持に近いよ」

人生を放り出したということが、どういうことなのかよくわからなかった。会社を辞めたことがそうなら、世の中には人生を放り出した人間がかなりいることになる。

俺は、窓ガラスをちょっと降ろして、車内に充満した煙を抜いた。宇野は、煙だらけの車内がいっこうに気にならないようだ。

前方に、明りが見えた。ヨットハーバーを併設したホテルらしい。

「秋山のホテルだ。といっても知らないか。ヨットハーバーは、川中のもんさ」

「川中さんは、あの店をやってるだけじゃないんですか？」

「酒場、レストラン、ほかにもいろいろやってるはずだ。この街の、新興実業家ってとこさ。あいつがやっていることは、本質的には虚業だと俺は思ってるがね」

宇野という男を、会った時からあまり嫌いではなかった、ということに俺は気づいた。皮肉っぽく、人の心を刺すような喋り方をする。ほんとうは、あまり人に好かれたりするタイプではないのかもしれない。

ホテルの前も通りすぎた。

「この先に、なにかあるんですか」

「いろいろとあるよ。古いヨットハーバーとか、リゾートマンションとか、別荘とか」

「沖田って人は、そこに？」

「いま、会わせてやるよ。そのために、おまえを連れてきたんじゃないか」

「川中さんはあまり積極的に会わせたいとは思わなかったみたいだけど」

「やつは、臆病（おくびょう）なんだ。沖田の状態を、あまり掻（か）き回したくないと思っている。俺は逆だね。あの男にくっついている女を引き離すと、どういうことになるか興味津々だ。人ってのは、いつだってそうやって試される」

「わかりませんね、意味が」

「わかる必要はない。現実の中に首を突っこんでいって、おまえはおまえの女を取り戻せばいい。そうしたいと思って、この街へ来たんだろうが」

「沖田って人を、好きじゃないんですか？」

「判定するのに困ってる。本物か偽物かってことをな。おまえは、俺にとっちゃリトマス試験紙みたいなもんだな。おあつらえむきに、そんなのが飛びこんできたってとこだ」

「じゃ、別に恩に着ることもないわけだ、沖田って人に会わせて貰っても」

「恩に着るなんて、人生を放り出しちまったやつの科白じゃないしな」

宇野は、きついコーナーを一発のハンドリングで決め、車体を傾けたままかなりの速度で回っていった。

前方に、小さな明りが見えた。それが近づいてくる。俺の行くところはあそこだと、なんとなく思った。

「あそこは、もともとは古いヨットハーバーだった。去年、蒲生という人が死んで、それから病院に変ったのさ」

「病院？」

「老人専門のな。沖田は、その病院の院長ということになってる。建物も、まだ建設に入っていなくて、仮小屋みたいなとこで、細々と診察してるってわけだ」

「病棟を建てる時間もないほど、この街は病院が不足してるんですか?」

「いや。人口に対する医者の割合いは、確かに低いのかもしれん。急激に人口増加中の街だからな。それも数年で解消されるだろうし、両隣りの街にはかなり病院がある」

「金を稼がなきゃ、病棟を建てられないってわけか」

「どうかな」

宇野が、低い声で笑った。暗い眼をしている時や、押し黙っている時より、笑った時の方が、ぞっとする暗さを感じさせる男だった。

6 診療所

小さな、プレハブ風の建物だった。

かなり広い敷地で、前にあった建物をとり壊したのか、土がむき出しになっている部分もある。建物のむこうは、もう海しかないようだった。

「診療所だな、ただの」

「入院設備を整えた医療法人になるはずだ。一度出かかった認可が、政治力で止められているだけだからな。俺はここの顧問弁護士ってわけさ。出しかかった認可を、完全に出させるのが、いまのところの仕事だよ」

駐車場には、車が二台うずくまっていた。

宇野がエンジンを切った。車を降りると、シトロエンCXは、身をよじるようにして車体を沈みこませた。

入口も、街の小さな診療所といったところだった。診療科目には、いろいろなものが書いてある。病院に足を踏みこむというのは、何年ぶりかだった。それもただ見舞いのためだった。医者の前に腰を降ろしたのは、会社の健康診断の時くらいのものだ。

「認可を持ってくるんでなきゃ、姿は現わすなと言ったろう、キドニー」

白衣を着た男が、入ってきた俺たちに眼をくれて言った。

「客を連れてきてね」

「ほう」

白衣の男は、五十がらみで、ひどく顔色が悪かった。ドス黒いという感じだ。年齢の割りには、髪の毛は多い。俺は、男の顔から眼をそらさなかった。男も、じっと俺を見つめてくる。こいつが沖田なら、俺は老いぼれかかった初老の男に女を奪られたということになる。

「あんたへの客じゃない。岡本まりこに会いにきた男でね」

「下村敬といいます」

眼はそらさないまま、俺は軽く頭を下げた。

「君か、下村君というのは」

「沖田さんですね」

「話は、まりこから何度も聞いた。まあ、入らないか」

診察室という札が出たところへ、沖田は俺ひとりを導いた。宇野は、別に用事でもあるのか、勝手に奥の方へ消えた。

「苦しませたのかな、君を」

沖田の言い方に、俺はかっと頭に血を昇らせかけたが、なんとか抑えこんだ。殴り倒せば済む、ということでもなくなっているのだ。

「まりこが、ここへ来たのは、自分の意志だったんですか？」

「どういう意味かな。無理に連れてこられるような子供でもないだろう」

「つまり、あんたに惚れて、ここへ来たってことだな」

「私の方からも、頼んだ。相当熱心に頼んだよ、そばにいてくれとね。私がここへ来たのは四か月前だが、東京へ行くたびに、彼女の店に行っては頼んでいた」

まりこが、俺と暮していた部屋から消えたのは、ひと月前だった。兆候があったのかどうか、今思い返してもわからない。まりこは夕方出かけると午前二時か三時に戻ってくる。

朝出かける俺は、その時間は眠っている。俺が出かける時、逆にまりこは眠っている。擦れ違いというやつだ。

だからといって、心が離れたとは思っていなかった。まりこの稼ぎは、部屋を買った時のローンに注ぎこまれた。一緒に暮しはじめて数か月してから、二人で部屋を買い、結婚することを決めたのだ。

「俺ひとりで、部屋を買えなかった。だからあいつが働きに出た」

「泣き言かね」

またかっと頭に血が昇ったが、それも抑えこんだ。どこかで、沖田は俺を挑発しようとしている。

「この街へ来てからも、電話をくれたよ。俺は二度、会いに来た。話し合いというより、戻ってこいと言いにきたようなものだけどね。感情的になって、二度ともうまくいかなかった。まりこが泣くだけでね」

「三度目の正直を期待してるのか」

「三度目は、肚を決めてきたよ。納得できるまで、俺は引き退がらない。中途半端のまま、生殺しになって、それでもそのうち忘れるなんて思えないさ。会社も辞めた。休暇を気にして会ってたって、あいつに俺のほんとの気持は伝えられないからね」

「自棄ではないのか」

「どんなにみっともなくても、俺はいいと思ってるよ。自分のところから出ていった女を、こうやって追いかけ回してるんだから。俺にとって大事なのは、納得できるということさ。中途半端のままじゃ、てめえの始末がつけられねえよ」

沖田が、煙草をくわえた。

かすかに、波が打ち寄せる音が聞える。沖田の吐く煙が、二人の間にたちこめた。沖田が腕を組む。くわえ煙草で、煙は次々に吐き出されてきた。

「あんたとの勝負ってことになるかもしれないですよ、沖田さん」

「私は忙しい。この病院をちゃんと軌道に乗せなきゃならんのでね」

「まりこは、連れて帰ることになりますよ」

「いいのか、ほかの男に抱かれていた女を、また連れて帰ったりして」

「それは、その後のことだ。なにも言わずに消える。それが俺には納得できなかった。だから、まず元の状態に戻すんです」

「苦しむのは、私や君じゃなく、まりこということになったら」

「それも、仕方ないでしょう」

沖田の口もとが、ちょっと笑った。

「なにがおかしい？」

「いや、キドニーのやつも、面倒な男を連れてきたと思ってね」

「俺も、自分がこんな性格だってことを、うかつにもいままで知らなかったですよ。なにか起きなきゃわからないことってのは、あるもんだ。ここで妥協すりゃ、一生を妥協するようなもんだと思いこんでる。妥協していいことと、しちゃならないことがあるんだと、自分の中ではっきり決めちまってる」

俺は煙草に火をつけた。診察室にはデスクとベッドと書類棚があるだけで、沖田と俺は医者と患者がむかい合うそのままの恰好で、むかい合っていた。

不思議なのは、何度挑発されても自分がここに座っていられたということだ。眼と眼をぶっつけあう。すると、沖田の瞳の中に、いままで出会ったことのないような、深い哀しみの色が湖のように湛えられているのが感じられるのだった。それが、立ちあがろうとする俺を抑えた。

「私は、ずっとここにいる。市内に部屋を借りたが、もう何日もそこへ戻ってはいない。会いたければ、君は捜す必要もない」

「この街へ来て、大して捜しもせずに、ここに行き着きましたよ」

「まりこは天使だね。できるなら、彼女を傷つけずに、私と君の間だけで解決できればいいと思ってるよ」

「俺は、そんなこと無理だと思ってますよ。きれい事で済ませる気もねえや。ここまできたら、徹底的にしつこい男をやってみるしかないし」

「いいね、羨ましいよ」

「馬鹿にしたいだけするさ」

「本気で、そう思ってる。そういう若さってのは、自分では気づかないもんだよ」

ポケットから覗いていた聴診器の黒いゴム管を、沖田は手で突っこみ直した。静脈の浮いた痩せた手で、顔の色と比べると驚くほど青白かった。

俺は、デスクのブリキの灰皿で、煙草を消した。

「まりこは？」

「もう戻ってくると思う。大崎内科という街の病院へ、先生を送り届けたら、戻ってくる。はじめは、自分で街に部屋を借りて、私の部屋に通うような恰好だったが、私がここを動かなくなってから、彼女もここにいることが多くなった」

「つまり、病院に勤めてる？」

「仕事は別に持ってる。いまのところ、通うこともできないようだがね。経済的な援助は、まったくしていない。私自身、そんな状況じゃないんでね」

「待たして貰うよ」

「今夜は、帰ってくれないか。君が来たことは、私から伝えておく」

「いや、顔だけでも見ていくよ。迷惑なら、外で待ってる」

「ここで待ってくれていいさ。私は、キドニーと話さなきゃならんことがある」

沖田が腰をあげ、診察室から出ていった。

俺はしばらく、検査結果でも待つ患者のように、背凭れのない丸椅子にじっと腰を降ろしていた。

周囲に、民家などはない。開業医としてやっていくとしたら、最悪の場所だろう。沖田が東京でどんな病院をやっていたかは知らないが、ここよりましだったに違いない。入院設備のある老人病院というのが、やはり妥当なところだろう。それなら、この環境も生きてくる。

男がひとり入ってきた。やはり白衣を着ているが、沖田よりは若い。

「桜内だ」

ぶっきらぼうに、男は言った。下村です、と俺は名乗り返した。

「女と二人で、この病院を手伝ってってね。出勤は午後二時からで、六時までだ。今夜は予約が入ってるんで、たまたま遅くまで残ってた」

桜内がなぜ自分のことを説明するのか、俺にはよくわからなかった。宇野と知り合いで、俺のことを聞いたのかもしれない。

「まりこってのは、逃がすには惜しい女だよな。俺は女にはやたらに手が早かった。看護婦であろうが誰であろうが、思った時は抱いてたもんだよ。それをやると、いまの女は殺しかねない。なにしろ、血が好きで看護婦になったって女でね」

「邪魔なら、待合室にいますよ、俺」

「いろよ、ここに。患者が現われるまで、俺も退屈だ。ホテル・キーラーゴのクルーザーの船長でね。一週間前に、肘の骨の出っ張りを削り落とす手術をした。陸よりも船の上が好きな男で、入院する代りに船の上で寝てたってわけさ。街へ出かけていった昔の君の彼女が、帰りにピックアップしてくる」

「昔の彼女じゃありませんよ。昔じゃない」

「きのうだって昔さ。ましてひと月も前は、思い出せないくらいの昔だね」

桜内が、にやりと笑った。俺は煙草に火をつけた。外は風が吹きはじめたようだ。波の音に、風の音が入り混じりはじめている。

女が入ってきた。看護婦らしい。俺に眼もくれようとせず、書類棚から茶色の紙封筒を出した。中身を確かめ、そのまま抱えて出ていった。

「あれが、俺の女さ」

桜内が呟くように言った。俺は煙草の煙を吐き続けた。フィルターの根もとまで喫い、指さきが耐えられないほど熱くなってから、灰皿に押しつけて消した。

車が停まる音がした。

かすかな緊張が、俺の躰を走った。

玄関で、大きな声がした。濁声で、ちょっと酔っているような感じだったが、船の人間は声が大きいのかもしれない。

入ってきたのは、右腕を三角巾で吊った初老の男だった。続いて入ってこようとしたまりこが、俺を認めて立ち竦むのが見えた。俺は丸椅子から腰をあげ、男の脇を通って診察室の外に出た。

眼が合っても、まりこはしばらくなにも言わなかった。

「髪、切っちまったのか」

腰まである、長い髪だった。それがボーイッシュなショートヘアになっている。髪ではない、別のなにかまで切ったのかもしれない、と俺は思った。そう思う自分を打ち消すように、口を開こうとした。まりこが俺に背をむけ、玄関の靴を履いた。ピンクの、ありふれたロウヒールだ。ジーンズにセーター。東京では、外出する時はこんな恰好はしなかった。

まりこを追うように、俺も靴を履き、外へ出た。

まりこはまだなにも言わず、ただ波の音のする方へむかって、闇の中を歩いた。

「ここ、一年ちょっと前までは、ヨットハーバーだったの」

最初にそう言った。俺は煙草をくわえた。ジッポで火をつける。オイルが切れかかっている感じだった。ガソリンではなく、やはりライター用のオイルが必要なのだろう。

「俺は、落ち着いてるつもりだ。前の時みたいに、逆上しちゃいない」

「わかるわ、眼を見れば、それはわかる」

いがらっぽくて、二度喫ったただけで俺は煙草を海に捨てた。

「会ったのね、先生と」

「ああ」

「断りきれなかったの。先生に、一緒に来てくれって何度も頼まれて」

「だからって、ふらりと出ていっていいもんじゃないと思う。おまえは、俺に納得させるべきだったんだよ」

「時間がなかったわ」

「それでも、納得はさせるべきだった。生殺しになった俺をどうしてくれる、といまさら言う気はねえよ。ただ、俺は納得できるまでこの街を動かねえぞ。それは決めた」

まりこがどこを見ているのか、俺のところからはよくわからなかった。まりこの背中にむかって話しかけているような恰好なのだ。

「俺と、東京へ戻る気はないんだな？」

かすかに、まりこが頷いたようだった。

「わかったよ、それは。しかし納得したわけじゃねえ。おまえが戻らないことが納得できるまで、俺は沖田って医者をずっと見てるよ。毎日ここへ来て、沖田を見てる。仕事の邪魔をする気はねえ。なぜ俺が沖田に負けたのか、納得できなきゃ、これからの俺はどうすりゃいいんだ。俺が、俺のためにやることさ」

「そういう性格よね、敬ちゃんは。だからあたしは、なにも言えなかったの。自分でもわからないことを、説明できて？」

「いまは、わかるわからないじゃない。納得できるかどうかだ。納得すりゃ、俺は黙ってこの街から消えるさ」

まりこは、俺の方をむこうとしない。泣いているのかもしれない。泣く時に顔をそむけるのが、まりこの癖だった。

「帰るよ、今夜は」

また、かすかにまりこが頷いた。

俺はしばらくその場に立っていて、煙草を一本喫い、シトロエンのところまで戻った。

建物の中に入ったまりこは、もう出てこようとしない。

診療科目の横に、沖田敏夫と名前が書かれていた。宇野が出てくるまで、俺はそれにじっと眼をやっていた。

7 夜

四杯目のワイルド・ターキーを飲み干した時、フェラーリの男が入ってきた。叶と宇野が呼んでいたことを、俺は思い出した。

「よう、沖田敏夫に会えたのか。ええと、名前はなんてったっけ」

「下村敬。名乗るのは、はじめてですよ」

「いきなり話しかけてきたのは、おまえさんの方からだけどな」

叶は俺の隣りに腰を降ろし、ビールを頼んだ。瓶ではなく、樽に付いた蛇口のようなところから、坂井は細長いグラスにビールを注いだ。泡が細かく、クリーム状になっている。

「こいつをやるようになってから、ここのビールはうまくなった」

店は混んでいた。ボーイたちはきびきびと動き、おかしな酔っ払い方をしている女もいなかった。大声で喚いている客がいるくらいだ。店全体を取り仕切っているのが、どうやら坂井らしいというのが、俺にもわかってきた。カウンターの中にいるバーテンが、店を取り仕切っていることなど、普通はないだろう。

「どうだった、沖田って男は？」

「さあね。腕のいい医者なんでしょう」

「どうしてわかる？」

「看板に、医学博士と書いてありましたよ」

「なるほど。そいつはいい」

声をあげて、叶が笑った。

「この街には、実におかしな人間ばかり集まってくる。どうやら、君もそのひとりらしいな。この店で飲んでるのがいい証拠だ」

「ほかに、飲むところを知らないんでね」

「違うな。君は、無意識のうちに、なにかに引きつけられてここへ来てるんだ。この店には、そんなところがある。俺も、最近になってやっとわかってきたよ」

グラスの底でカウンターを軽く叩くと、五杯目のターキーが注がれた。坂井は、話に入ってこようとはしない。

老人が入ってきて、叶と軽く挨拶をし、葉巻に火をつけた。

「先生も、やっぱり夜中の演奏が気になったんですか？」

「沢村さんが、意欲的な曲を弾きはじめた。それも毎晩だというんなら、聴いておこうって気になるさ」

「完成したんですかね、曲は？」

「沢村さんは、それを確かめようとしているんだと思うよ」

沢村明敏は、自分で作曲した曲を弾いているのかもしれない。なんとなく、その方があの弾き方にはぴったりとしている。

「遠山先生、なにを？」

坂井の口調は、俺に対する時よりずっと砕けていた。葉巻の、いい匂いが漂ってくる。

「コニャックだな」

「いつものやつでいいですね」

煙を吐きながら、遠山という男が頷いた。先生と呼ばれているが、どう見ても医者とは思えなかった。茶系の渋いジャケットに、赤いスカーフを小粋に巻いている。それに葉巻だ。パリにも、これだけのことがサマになる男は、そうはいなかった。

「沖田君の病院は、どうなるんだね」

「それが、いよいよ来週に、認可が下りるらしいですよ。キドニーが、本気になっちまった。沖田さんを試そうとでもいうんでしょう。キドニーが本気になって政治力を使えば、やはり相当なものがありますね」

「宇野君が、なにを思ってそうしたのか、わかるような気がする」

「放っとけばいいんだ。それが、桜内や大崎女史まで、沖田さんに全面協力とは」

「桜内ほどの医者が本気で入れこむ。沖田さんにはやはり、なにかがあるんだろう」

「それも、医者としての腕以外のなにかだ、と俺は思いますね」

「まあ、大きな騒動にならなきゃいいが」

「なりますよ。認可が下りるって噂は、明日あたりはもう流れるでしょうしね。あそこも、いままでみたいに患者の来ない診療所ってわけにはいかなくなる」

ターキーをチビチビとやりながら、俺は二人の会話に耳を傾けていた。ただの病院建設だけではない、なにかがあるようだ。

「川中さんは、どうしてる?」

「相変らずでしょう。蒲生の爺さんがいたところだから、内心気にはしてるでしょうがね。気にしても、黙って見ている。そのあたりは、このところ徹底してきましたからね」

「藤木君が死んだことが、やはりこたえたんだろう」

遠山が、コニャックを呷った。それもサマになっていた。宇野のパイプと同じように、葉巻にも太い。煙草に火をつけようとして、俺は思い直した。

「この坊やが、さっき沖田さんと会ってきたみたいですよ」

「ほう」

叶の言葉に、遠山は短く答えただけだった。俺の方をチラリと見た眼は、無躾なものではなかった。俺は、軽く目礼だけをした。

「騒ぎの中心人物になろうって男の居所がわからなくて、捜し回ってたって男でしてね。あまりおかしいんで、俺は教えませんでした。キドニーが連れていったみたいですね」

「誰も教えてくれなかった。そこのバーテンも川中さんも、そしてあんたも」

「なにかやらかしそうな顔をしてるからさ」

叶が言うと、遠山が俺を見てほほえんだ。

五杯目を空け、六杯目を頼んだ時に、沢村明敏が出てきた。きのうと同じ黄色っぽいジャケットに、グリーンのアスコットをしていた。沢村は、眼でちょっと遠山と叶に挨拶したようだった。

「ソルティ・ドッグは、私に奢らせて貰おうか」

遠山が言うと、坂井は素早くスノースタイルのグラスを作った。

ピアノの音が、客たちの喧噪の中で響きはじめた。下品な声を張りあげて喋っている男は、ピアノの音が耳に入らないらしい。

俺は眼を閉じていた。下品な声も、次第に気にならなくなってきた。昨夜と同じ曲だ。しかし、まったく違う弾き方をしていた。昨夜はあった甘い感傷的な部分が、今夜は消えてしまっている。

客の話声が耳に届いてきて、曲が終ったことを俺はようやく知った。沢村明敏はピアノを離れ、カウンターにむかって歩いてきている。

坂井が、二杯目のソルティ・ドッグを作った。沢村も遠山も叶も、なにも言わなかった。三人とも、坂井の手もとを見つめているだけだ。

「きのうと、弾き方が変りましたね」

思わず、俺はそう言っていた。

「そうかな」

「甘いところがなかった。甘さは甘さでいいものでしたけどね」

「その日その日で、別な思いが交錯する。そして別の曲になる」

「御自分で作曲されたんでしょう。テーマはなんですか？」

「喪失さ」

「失礼ですけど、なにをなくされたんです？」

「自分の、あるべきだった人生かな」

気障な科白だとは思わなかった。ただ、訊くべきではないことを訊いたのだ、という気はした。

「見ましたよ、秋の展覧会に出された大作を。自分が興奮していることに、俺ははじめて気づいた。新聞でも騒いでいたな」

俺との話を断ち切るように、沢村は遠山に言った。

「桜内君のおかげで、昔より腕が動くようになってしまった。医者というのは怕いものだね」

「あれだけの絵を描く生命力を、遠山さんはまだお持ちだ」

「最後の炎かもしれない、と思って描いたよ」

「自分も曲を作らなければと思いました。あの絵を見てね」

新しいソルティ・ドッグが、沢村の前に置かれた。沢村は、ちょっとグラスを翳すような仕草をした。

遠山一明（かずあき）という画家がいる。名前を知っているだけで、どんな絵か見たことはない。俺が知っているということは、世の中の人間に知られているということだ。遠山は、あの遠山一明と同一人物なのだろうか。

客が帰りはじめていた。

俺は腰をあげ、三人に軽く頭を下げた。おやすみ、と遠山と沢村が同時に言った。叶はなにも言わない。

外へ出て、俺は十分ほど歩き、まだ看板に灯が入っている店の扉を押した。女が三人と、カウンターの中のバーテン。客が二人いてカラオケをがなり立てていた。俺には、おあつらえむきの店だ。

女の肩を抱くようにして、俺はボックス席に倒れこんだ。

「ウイスキー」

「ボトル、キープする？」

「してくれ」

「あら、はじめてなのに気前がいいのね」

「気前はよくねえぞ。全部飲んじまうんだからな」

運ばれてきたのは、国産のウイスキーだった。女二人も飲みはじめる。

「今夜、俺に抱かれる気はないか？」

「すごい冗談。はじめて会ったのに」

「そうだな」

「それに、酔っ払ってちゃできないわよ」

「まったくだ」

オン・ザ・ロックで飲み続けた。『ブラディ・ドール』を出てから、急に酔いが回りはじめたが、構わなかった。

「この街の人？」

「今度できる病院で、仕事をすることになってる」

「お医者様？」

「事務員さ」

新しい客が入ってきて、二人ついていた女のひとりが立ちあがった。残ったのは、三十代だろうと思える女だ。もうひとりは、明らかに四十を超えていた。

「恋人を捜してる」

「東京から来たんでしょう。この街の人は、はじめて会ったのにそんなこと言わないもん」

「ほんとに、捜してんのさ」

俺の知っていたまりこは、どこへ行ったのか。いま腕の中にいる女より、ずっと躰は引きしまっていた。十八のころから、前衛の舞踏をやろうとしていたのだ。パリへ来ていたのも、そのためだった。俺と出会った時は、舞踏を諦めようかと、迷っていた時だった。自分の中の情熱を確認するために、パリまで来てみたのだとも言った。

帰国して舞踏をやめてしまったのは、情熱を確認できなかったということなのか。

「ねえ、なにか食べない？」

「軽いもんならな」

いつの間にか、ウイスキーは半分ほどになっていた。

その店に一時過ぎまでいて、それから港の方の、もっと安直な店へ行って飲んだ。

どうやって戻ってきたのかは、よく憶えていない。気づいた時は、ホテルのバスルームで便器を抱えてうずくまっていた。

8　土

まったくと言っていいほど、患者は来なかった。午前中に現われたのは、母親に背負われた小さな子供ひとりだった。街の病院に行くほどのことはないと思ったのか。

俺は、駐車場ではなく、さらにその奥の岸壁のところに停めた車の中にいた。

自分がやっていることがどう見えるのかは、考えなかった。沖田はここに詰めっきりらしく、ほかで会うことはできそうもないのだ。

正午ぴったりに、俺は車を出してホテル・キーラーゴまで行き、軽い昼食をとった。

戻ってくると、五、六人の男が玄関口のところにいた。

「今日は、休診だ、休診。それに、こんな医者にかかると、命の保証はできねえぞ」

覗きこんだ俺の腕を摑んで、ひとりが言った。応対をしているのは、沖田ひとりらしい。男たちがなんの用件で来ているのかは、わからなかった。沖田はただ、できない、という言葉を三度くり返しただけだ。

建物の周囲を歩き回った。スコップがあったので、俺はそれを担いで、土が山盛りになったところへ行った。玄関と駐車場のところは簡易舗装がしてあるが、雨が降るとその盛土から土砂が流れ出しそうだった。工事をした連中が、そのまま放置していったのだということは、見ればわかった。

俺は革ジャンパーとセーターを脱ぎ、アンダーシャツ一枚になった。土の山の頂上のあたりから崩していく。

「兄さん、なにやる気だ？」

玄関にいた男たちの中から、二人が近づいてきて言った。

「新しい病棟が建つらしいんでね。邪魔な土はどけとくのさ」

「病棟なんて建たねえよ」

「それでもいいさ」

「土をならしたいから、そうしてる」

「俺のやってることに、横からとやかく口を出さないでくれって意味さ。俺は、土をならしたいから、そうしてる」

「余計なことだよ。ここにゃ、ホテルが建つんだよ。病院なんかより、ホテルの方がずっといいと思わねえか。景色もいいし」

あまり柄はよくなかった。といって、やくざというわけでもなさそうだ。

それ以上男たちを相手にせず、俺は土を崩しはじめた。怒鳴り声が聞えた。玄関の方だ。俺のそばにいた二人は、それを聞いて走って戻っていった。

沖田の声ではなかった。男たちの中のひとりだろう。ここで怒鳴っても警察まで聞える心配はないと思っているのか、傍若無人で執拗な怒鳴り方だった。

あの怒鳴り声なら、荒っぽいことがはじまる前に、疲れてしまうだろう。俺は玄関の方はあまり気にせず、土を崩し続けた。土の中には、前の建物の土台を砕いたものなのか、大きなコンクリートのかけらも入っていた。土とコンクリートは、別にしていく。

額に汗が滲みはじめていた。昨夜の深酒はこれで完全に抜けてしまいそうだ。

毎日、躰は動かしていた。といっても、眼を醒したあと、三十分ほど走ったり、腹筋や腕立伏をするくらいのものだ。空手の稽古などは、ずっとやっていない。

パリにいたころは、空手の稽古がなにかの拠りどころになった。大学にいたころと同じくらいの、激しい稽古をやったものだ。ほんとうなら衰えるはずの体力が、あの一年半は盛り返していた。

アンダーシャツが濡れてきた。掌が痛い。男たちは、まだ口々になにか言っている。

桜内と看護婦が同じ車で現われたのは、二時少し前だった。潮時とみたのか、男たちが二台の車で引き揚げていく。

俺は、土をならし続けた。ブルドーザーなどを使えば、一時間で終ってしまうことだろう。人間ひとりの力では、三日はかかりそうだった。

「退屈して、土方の真似か、おい」

桜内がそばへ来て言った。

「邪魔にゃならねえだろう。もっとも、仕事があるようには見えないがね。午前中から、患者は風邪かなにかの子供がひとり。ほかに騒々しいお客さんはありましたがね」

「立ちのけと言いにきた連中さ」

「立ちのかなきゃならない理由でも？」

「ないね。ただ、このヨットハーバーの土地の半分は、沖田さんのものじゃない。むこうの持主が、リゾートホテルを建てたがってるのさ」

「いやがらせか」

「まあ、そんなもんだ」

俺は土にスコップを突き立て、桜内のそばまで降りて煙草に火をつけた。ライターオイルをたっぷり入れたので、ジッポの調子はいい。

「キドニーがいろいろ動き回って、来週のはじめには、医療法人の認可も病棟の建設許可も下りるらしい。裏から押さえられると思っていた連中にとっちゃ計算外のことで、焦りはじめてるんだろう」

「ホテルはホテルで、建てりゃいいじゃないか」

「半分の土地じゃ、資本を投下する意味がないんだろう。東京の、そこそこ大きな会社だがね」

「俺には、関係ないな」

「これから、もっとうるさくなる。こっち側の土地も手に入るという前提で、連中も仕事をはじめたんだろうから」

晴れていた。空気の冷たさが、汗をかいた躰には心地よかった。

「覚悟はできてるんだろうな」

「なんの？」

「こんなとこで土方の真似じゃ、連中も黙ってないだろう。沖田さんをひとりにして、それから締めあげるってのが、連中の作戦だろうからな」

「日本ですよ、ここは。おかしなことをやれば、警察が飛んでくる」

「でもないと思うな。まあ、これからわかるだろう」

桜内の口調は暢気なものだった。

俺は煙草を捨て、土の山に駈け登った。三日を二日で終らせる。明日は午前中からやるとすれば、難しいことではない。

日が落ちるまで俺は作業を続け、屋外の洗車用らしい水道で手を洗うと、街に戻った。

港のそばの食堂でめしを食い、ちょっと時間をかけて少量の酒を飲むと、ホテルへ帰った。それが一番安く済む。風呂とベッド。部屋にはそれだけあればよかった。

土曜日。朝八時半には、俺はもう沖田診療所に着いていた。軍手とスニーカーとジーンズは買い揃えてある。すぐに作業にかかった。土をならすといっても、ただ崩せばいいわけではない。全部が均等になるためには、運ばなければならない。

ちょっと離れたところに小さな山を築き、その山をまた離れたところに移す。それを何度かくり返して、ようやく敷地の端まで辿り着くのだった。

三時間以上そうやっていると、さすがに疲れ果てた。昼めしにする。パンと牛乳は、来る時に買ってある。岸壁に腰を降ろし、少しずつパンを齧った。

「なんのつもりだね」

沖田が出てきて言った。白衣は脱いでいて、茶のカーディガン姿だった。俺はアンダーシャツのままだ。

「きのうから、土を動かしてるようだが」

「あの土の山を、ならそうと思いましてね。病棟が建つ時には、邪魔でしょう」

「そんなもの、業者がブルを使ってやるよ」

「人間の手でやっても、同じだ」

「無意味だ、と言ってるんだよ」

「意味があるかどうかは、やってる俺が決めることでね。そんなもんでしょう。ここに病院を建てるのなんか、無意味だときのうの連中も言ってたじゃないですか」

「理屈だね」

「この街には、おかしな理屈をこねる人が多いからな、宇野さんとか」

俺は、パンを全部食べてしまっていた。牛乳は、一リットルパックのものを買ってきてある。夕方までは保ちそうだった。

「病院の許可が、月曜には下りることになった。だが工事は急がない。引き受けてくれるところが、いまのところないんでね」

「川中さんや宇野さんに頼んだらどうなんです。あの二人なら、この街でそれくらいの力は持ってるでしょう」

「認可に関しては、顧問弁護士のキドニーに頼んだ。それ以上の頼み事をする気はないね」

「なぜ？」

「できあがったものが、無意味だからさ」

言って、沖田はおかしそうに笑った。俺は笑わなかった。別におかしくなかったし、言葉に凄味さえ感じたからだ。

「きのうの連中、あれは小手調べだったんじゃないかな。今日も来ますよ、きっと」

「君には関係ない」

「そうですね」

「なにをしようと構わんが、連中を相手にしないでくれ」

黙って頷き、俺は煙草をくわえた。つられたように、沖田も煙草に火をつける。

「ここはいい。子供のころからそう思ってたよ。ヨットハーバーとしては、いい土地じゃなかったそうだが」

「よさそうに見えるけどな」

「土地そのものじゃなく、防波堤のむこうの海に問題があったんだ。海ってやつは、牙を隠してるそうだよ。ここにも、水面の下に暗礁があって、出入りするヨットは苦労したようだね」

「きのうの連中、ホテルを建てたがってるそうですね」

「ホテル・キーラーゴがある。それで充分じゃないか。あれ以上のリゾートホテルができるとも思えない」

はじめて会った時と較べると、沖田はずっと穏やかだった。海のように、日によって荒れたりする男なのか。

俺は煙草を消し、沖田を無視して土の山に登っていった。半分以上が、すでに切り崩されている。この調子でいけば、夕方までにはなんとかなる。

連中がダンプでやってきたのは、午後二時過ぎだった。ダンプには、大量のコンクリートの破片が積みこまれていて、それはみんな俺がならした土の上にばら撒かれた。止めようがなかった。相手はダンプなのだ。

俺はスコップを持って、連中とむき合った。二人か三人までなら、ぶちのめしてやれるだろう。それからさきは、どうなろうと構わないと思うしかなかった。

「やめろ」

制止したのは、沖田だった。

「なぜ？」

「なぜでもだ。ここは私の土地だ。私の土地にいるかぎり、言うことには従って貰う」

「こいつらは？」

「抗議はする」

「抗議だけかよ」

「警察に、被害届も出そう」

「ここは、ゴミ捨ての埋め立てをするんじゃなかったのか」

連中のひとりが言った。

俺は、土にスコップを突き立てた。俺の作業になんの意味もなかったとしても、コンクリートをばら撒かれれば腹は立つ。

「帰れよ、おまえら」

「まだ話が残っててな。おまえにじゃないぜ。そこの先生にだ」

「私も、話すことはない」

「こっちに、あるんだよ。土地の値をあげるためなら、言い値を言ってくれ。会社じゃ、もう計画はとうに進行させてるんだ。あんまり延期もできないんでね」

「ずっと言い続けてきたはずだ。この土地は、たとえいくらでも売る気はない」

「いやなことになるぜ、先生」

「威(おど)しに屈するなら、はじめから屈してるさ」

「俺たちは、暴力団じゃない。ここの買収を請負ってるだけで、家に帰りゃ女房も子供もいる。期限を切られちまってね。今週いっぱい。つまり今日までさ。来週になれば、別の連中がやってくる」

「無駄だよ」

「そうかい」

男たちの表情は、もう諦め顔だった。コンクリートをばら撒いたのも、半分は腹癒せだったのかもしれない。

男たちがダンプに乗りこんでも、俺は睨みつけていた。大した作業ではなさそうだった。土に混じっているわけではなく、ばら撒かれただけなのだ。しかしダンプ一台分だった。半分も拾い集めないうちに、陽が落ちた。

まりこは、一度も顔を見せようとしない。どうしているのか、沖田に訊こうとは思わなかった。俺がむかい合っているのは、沖田の方なのだ。

土で汚れた手を、水道の水で洗った。躰は汗まみれでシャツ一枚でも寒くはないが、水は冷たかった。しみついたようになった土は、水道の水だけではなかなか落ちない。湯と石鹸があれば、簡単に落ちるのだ。それは、土の汚れだから落ちるのだった。

9　日曜日

午前中、釣具屋へ行った。

小さな魚を釣るための、竿とリールのセットを買った。仕掛けというやつも、あった方がいいらしい。釣具屋の男は、テグスの結び方からリールの扱い方まで、丁寧に教えてくれた。

釣りなどをしたのは、中学生のころまでだった。それも海ではなく、池や湖でだ。

俺は車に釣具一式を詰めこんで、沖田診療所へ出かけていった。

岸壁に腰を降ろして海水(みず)の上で足をブラブラさせながら、教えられた通りに竿を振ってみた。仕掛けと錘の付いたテグスは、思った以上に遠くまで飛び、水音をたてた。

少しずつ、リールを巻いていく。時々、竿をチョンと動かす。四度か五度、試してみたがなにもかからなかった。

「土方は廃業か、おい」

「長期戦さ。土をならしたらコンクリートをばら撒かれる。賽(さい)の河原だと思ってた方がいいみたいだ」

桜内は、ばら撒かれたコンクリートのことを、大して気にしているようではなかった。

「日曜は、診療をやってるんですか?」

「土日は休みなんだがね、一応は」

「仕事熱心なんだ」

「別のことで、近くまで来た。月曜からの仕事をやりやすくしておいた方がいい、と思ってね」

俺はテグスを巻きあげた。餌(えさ)はついていなかった。魚にやられたのか、自然に落ちてしまったのかよくわからなかった。

「もう、釣りはやめか」

「まあね。一日二時間ばかりにしようと思ってるけど、今日は小手調べですよ」

「おかしな男だな」

「そうですか」

「どこか、沖田さんに似てるとこがあるような気もするよ」

道具をきちんと収うと、俺は革ジャンパーを脱いだ。

まず、コンクリートのかけらを集めることからはじめる。かなり大きなかけらもあって、躰からはすぐに汗がふき出してきた。このあたりの冬は、多分東京より暖かいのだろう。

集めたコンクリートは、敷地の隅に積みあげた。夕方までかかって、コンクリート集めがようやく終った。

桜内は、建物に入ったきりだ。まりこはやはり出てこない。

いつものように手を洗った。急ぐ気分が消えていた。急いだところで、解決するものはなにもない。解決したいことがあるわけでもない。自分を納得させたい。言葉にすれば、そうとしかならない。

爪の垢まできれいに落とし、俺は車のエンジンをかけて、ヒーターでしばらく凍えた手を暖めた。ようやく、陽が落ちて暗くなった。セーターだけを着こむ。

ライトをつけ、車を出した。通りに出るところに、人影がひとつあった。ライトが照らし出す。まりこだった。赤いセーターにブルーのジーンズ。ブレーキを踏みかけた足を、俺は途中で止めた。軽くスロットルに足を載せた。光に薙がれるようにして、まりこはじっと立っていた。左に曲がった。

五分ほど海沿いの道を走った。

なぜまりこを無視してしまったのか。あまり深くは考えなかった。不意を衝かれたからではない。心が、ことさら無視をするように動いていった。それだけのことだ。しばらくして、気持がちょっとだけ疼いていることに俺は気づいた。

ホテル・キーラーゴの明りが見えてきた。日曜日。『ブラディ・ドール』は休みだろう。港のそばの安食堂も休みかもしれない。

ホテル・キーラーゴの駐車場に車を入れた。

スニーカーにジーンズという俺の姿を見ても、ドアボーイは咎めようとはしなかった。外観より、内側の方が整然としたホテルだ。俺はバーに直行し、まずビールを頼んだ。『ブラディ・ドール』で出しているような、泡がクリーム状になったビールが出てきた。

七時を回ったころ、レストランに移った。

海にむかって、窓が広くとってある。昼間は、むかい側のヨットハーバーと、海がよく見えるのだろう。ヨットハーバーには照明があって、並んだマストのステイが鳴る音まで聞えてきそうだった。

「よう」

後ろから肩を叩かれたのは、ステーキを食い終ったころだ。川中だった。坂井も、叶もいた。それにもうひとり、スーツをきちんと着こんだ男も一緒だ。

「席がない。一緒に座らせて貰うぜ」

入った時、空いていたのは六人用のテーブルだけだった。そこを四人用と二人用に分けて、二人用の方に俺は座らされていた。だから一緒ということにはならない。隣りに座るという意味なのだろう。

「俺たちも薄汚ないが、君はもっと汚ないな。そのスニーカーは、泥まみれじゃないか。山にでも登ったのかね」

川中の喋り方はぶっきらぼうで、それでいてどこかに親しみに似たものが感じられた。おかしな男だ。なんとなく好きになるというのは、こういうタイプの男なのだろう。

「釣りですよ。ヨットハーバーの跡地でね」

「俺たちもだぜ。トローリングさ。秋山がシャワーを使ってスーツを着こんでくる。それまでいつも、コーヒーハウスで俺たちは待ってるんだ。コーヒー一杯で、いつまでもめしを待たされる」

「高が十五分か二十分だろう」

秋山と呼ばれたスーツの男が言った。

「空っぽの胃袋には、永遠に近い時間だね」

叶が言った。坂井は黙っている。運ばれてきた食後のコーヒーに、俺は砂糖を入れてスプーンで掻き回した。

「まったくの坊主だった。こんな日もあるんだな。君は？」

「今日、はじめたばかりでしてね。練習ですよ」

「今度、俺のクルーザーに乗らんか。ボルボ製のエンジンを積んだ、すさまじいやつだ。もっともトローリングじゃ、スピードは宝の持ち腐れだが」

「どうして、誘ってくれるんです」

「下働きをするやつがいない。最近じゃ、坂井は不満を並べてやがる」

「全員でやるべきだ、と言ってるんですよ、俺は」

坂井の口調は、店とまったく違っていた。これが、多分ほんとうの顔というやつなのだろう。仮面を被ることを覚えなければならないなにかが、これまでの人生にあったというわけだ。もっとも、些細な理由で仮面を被ってしまう男も、いないわけではない。

「これからは、海が荒れる。それはそれで、捨て難いもんさ」

「そうですか」

俺は、甘ったるいコーヒーを口に運んだ。躰を動かすと、濃い味のものが好きになる。

「沖田診療所は、これから大変みたいですよ。もういやがらせがはじまっている」

「ほう、どんな?」

関心を示してきたのは、川中と坂井ではなく、叶と秋山だった。俺は、起きたことをひとつずつ説明していった。

「明日からは、別の連中が、別のやり方でやるだろうな」

叶は、秋山にむかって喋っている。川中と坂井は、オン・ザ・ロックを飲んでいるだけだ。

「あなたは、なんのために沖田さんのところへ行かれているんです?」

秋山の俺に対する口調は、店で喋る時の坂井によく似ていた。ただ、もっとものやわらかい。

「沖田って男に、関心があるんだろう」

川中が口を挟んだ。言われれば、その通りだった。うまい具合に、俺の本心の部分を川中ははぐらかしたようだ。

「関心をお持ちですか。確かに、興味深い人ではある。それに、あのハーバー跡は、岸壁釣りに最適なところですよ。暗礁が多いということは、そのあたりに魚が集まっているということでもありますから」

「こいつは、客に対する礼節を心得ている男でね。つまり君は客さ。はじめて顔を合わせたようだから、紹介しておこう。このホテルのオーナーの秋山だ」

俺は軽く頭を下げた。秋山だけが、シャワーを使いスーツに着替えてレストランに出てくるという意味が、ようやくわかった。四人に料理が運ばれてきた。俺はコーヒーを飲み干し、腰をあげた。

車に戻り、海沿いの道をゆっくり流す。やがて街の灯が見えはじめる。そこそこは、面白い街なのかもしれない。そんな気がしてきた。しかし、好きになったわけではない。

駅前のビジネスホテルは、ホテル・キーラーゴとは較べようもなかった。

俺は風呂へ入り、裸のままベッドに横たわると、四角く切った灰色の板のような天井を見あげた。列車が通っていく音がする。それから静かになる。煙草の煙を吹きあげた。

なんのために、この街へやってきたのか。はじめて考えた。なにをするかは、決めていた。決めた時から、なんのためにということは考えないようにしてきたのだ。

退屈していたのかもしれない。そんな気もしてくる。まりこが消えてしまったというのは、ちょうどいい刺激的な事件だった。自尊心なども絡み合っているから、一度は逆上せずにはいられなかった。しかしそれは、すぐに醒めた。

自分を、きちんと納得させなければならない、という気持はほんとうだ。その気持と背中合わせのようにして、そういう自分を面白がるような気持もある。ほんとうに、納得させられるのか。いままで、納得しないまま流されたことは、数えきれないほどあったではないか。今度にかぎって、絶対に自分を納得させせなければならないと思ってしまうのは、ひとつにはまりこを本気で好きだったこともある。しかし、まりことの結婚を決めて一緒に暮しはじめてから、やはり俺は退屈しはじめてもいた。

煙が拡散し、霧のように部屋にたちこめていた。闇の中に立っていたまりこの姿が、ふと浮んでくる。無視して通りすぎた。無視できたと言うべきなのだろうか。

また、外を列車が通った。貨物列車なのか、重々しい音で、しかも長く続いた。俺は煙草を消し、シャツを着こんで、毛布の中に潜りこんだ。

10　魚の腹

朝は、魚も腹を減らしているらしい。

腰を降ろして煙草に火をつけようとしたところで、もう竿がしなっていた。火のついていない煙草をくわえたまま、巻きあげる。海水の中で、キラキラ光る魚が見えた。

二十センチほどの魚だった。名前はわからない。釣具とセットになった、クーラーボックスに放りこむ。氷は入れていないが、この季節に魚が腐ることもないだろう。第一、釣った魚をどうすればいいのか、当てはなかった。

次の魚も、すぐにかかった。同じ種類の魚だった。鯵らしい、と俺はなんとなく見当をつけた。魚の名前は、ほとんど知らない。というより、名前とかたちが結びつかない。クーラーボックスの中の魚は、いつの間にか七、八尾になっていた。

「今朝の釣果は大きいようだね」

覗きにきたのは、沖田だった。髪が乱れ、ひどく疲れたような顔をしていた。顔色の悪さが、朝は際立つのかもしれない。

「釣れすぎても、つまんないもんですよ」

「贅沢を言うじゃないか」

「まあ、どの道捨てちまう魚だからな」

「桜内なら、貰ってくれるだろう。看護婦の山根に渡しておけば、桜内の口に入る。それに、大崎という、内科の先生も貰ってくれるかもしれない」

「あんたは？」

「その魚を、まりこに料理させたいのかね」

「釣針を呑んだやつがいる」

「それで、私の内臓でもひっかけるか」

笑って、沖田は煙草に火をつけた。

俺はクーラーボックスも竿もそのままにして、作業にかかった。スコップのさきが、土に食いこむ。持ちあげ、土を遠くに抛る。しばらく続けると、抛った土が小さな山を作る。その山を、またさらに遠くに移動させる。

敷地の真中には、境界らしい糸が張ってあった。それでも、沖田診療所の方だけで、五百坪以上はあるだろう。

　患者が来た。

中年の、小肥りの男だった。車から降りてくる姿が、いかにも病人という感じだ。

俺は、土をならし続けた。病院があれば、病人が来るのは当たり前の話だ。

しばらくして、物の毀れる音と、まりこの悲鳴が聞えた。あの男は病人ではなかったということなのか。俺はスコップを土に突き立て、汗を拭ってから建物の方へ歩いていった。

　診察室のドアが開いたままなので、玄関に入ったら中の様子がよく見えた。男は上着を脱いだ恰好で、どうしてくれるとやっていた。要するに、因縁をつけているわけだ。

「痛てえんだよ。おまえが触ったとたん、痛くなったじゃねえかよ」

丸椅子を、蹴飛ばした。それは宙を飛んで壁にぶつかり、派手な音をたてた。沖田は、片肘をデスクに置いて、問診でもするような恰好のまま、動こうとしない。落ち着いているのか恐怖で躰を竦ませているのか、俺にはよくわからなかった。まりこは、隣の部屋との境のドアのところで、立ち尽している。

「医者のくせしてよ、人の躰を痛いようにしていいのかよ。痛てえのを治すのが、てめえの仕事だろうが」

　男が上着を振り回したので、デスクにあった書類が二、三枚舞いあがって床に落ちた。

俺はスニーカーを脱ぎ、診察室へ入っていった。

「なんだあ、てめえは？」

「鎮痛剤だよ」

　男の脇腹に、軽く拳を叩きこんだ。男がうずくまる。軽く蹴った。引き摺り出すより、
蹴り出した方が楽そうだ。

「よしたまえ、下村君」

　完全に俺を咎めるような声だった。

「よせったって」

「ここで、そんな真似をして貰っては困る。私の言うことが聞けないなら、もう来ないで
くれ」

「いいんですか、こんな野郎に好き勝手させて」

「病院には、いろんな人間が来るよ」

　男は、やっと上体を起こした。俺が睨みつけると、捨て科白を残して、這うように出て
いった。沖田は、同じ姿勢でデスクに片肘をついたままだ。

「鎮痛剤をやっただけじゃないですか」

「薬は、医者が処方するよ」

「じゃ、なにがあっても手を出すな。助けるな、ということですね」

「ここで起きたことのすべては、私自身で解決する。ひとりでね。君に助けて貰いたいとは、考えてみたこともないね」

「わかりましたよ」

まりこの方を、俺は見なかった。そのまま踵を返し、スニーカーをつっかけて外へ出た。

男の車は、もういなかった。

俺は、またスコップを握って土にとりかかった。沖田が、すべてを自分でやるというのなら、俺の出る幕ではない。出ていったところで、また咎められるだけだろう。

昼食は、コンビニエンスで買ってきたパンで済ませた。三、四十分、釣糸を垂れてみたが、朝のような反応は返ってこなかった。

車が、男をひとり運びこんできたのは、俺がまだ岸壁に腰を降ろしている時だった。運転してきた男と、担がれるようにして入っていった男の二人だ。

悲鳴も聞えなかったし、怒鳴り声も起きなかった。ただ、いつまでも出てこない。俺は釣道具をそのままにして、またスコップを使いはじめた。

二時少し前に、看護婦の山根知子と桜内が乗った車がやってきた。三時少し前には、赤いアウディがやってきて、眼鏡をかけた痩せた女が黒い大きな鞄を抱えて入っていった。

誰ひとり、建物からは出てこない。

三時になると、俺はスコップを土に立て、岸壁のコンクリートのところへ行って寝そべった。三時から三十分は、休憩時間にすることに決めたのだ。

雲は多いが、割れ目から陽はさしていた。空を眺めて寝そべっていると、おかしな気分になってくる。寝そべった地面が動いているように感じられるのだ。子供のころからそうで、だから空を眺めながら寝そべっているのは不安だった。いまは、その不安感はあまりない。おかしな気分が襲ってくるだけだ。

煙草を二本喫った。ほんのわずかな間に、すっかりヘビースモーカーになってしまった。以前は、ひと箱の煙草が二日保ったりしたものだ。

「釣りはやめたのか?」

桜内だった。白衣を着、サンダルをつっかけている。俺は上体を起こし、三本目の煙草に火をつけた。三時半まで、あと十分ほどはある。

「魚が、腹を減らしてる時でなきゃ、駄目みたいですね」

クーラーボックスの魚を見せてやると、桜内は軽い口笛を吹いた。

「持っていきますか?」

「別に、めずらしくはないさ。自分で料理して食えよ」

「道具が、なにもありませんでね」

「じゃ、釣ったらすぐ海に帰してやれ、いたずらに死なせるだけだぜ」

「そうですね、釣れた時、どうすればいいかわからなかったんですよ」

「黒鯛（くろだい）が釣れたら、俺が貰うことにしよう。あれの頭を、甘辛く煮たやつが俺は好きでね」

「黒鯛用の餌を買ってきますよ」

診察室がどうなっているのか、俺は訊かなかった。担がれるようにして入っていった男も、ほんとうの病人とは思えない。ただ、沖田はすべてを自分で処理すると言ったのだ。

「あの赤いアウディ」

「内科の、大崎ひろ子さ。独身で、若い男には眼がない。自分の病院は結構繁盛しているから、ツバメでもやれば、外車くらい買ってくれるかもしれんぞ」

「ここの病院の先生もやってるんですか？」

「ああ。嘱託医ってやつさ。俺もそうだぜ。大崎女史は、いま自分の診察室で頭に血を昇らせてるよ。いやがらせの二人に、沖田さんがどうしても介入させようとしないんだ。ずっと、ひとりで応対してる」

「いやがらせか、やっぱり」

「岡本に聞いたが、午前中もひとり来たらしいな」

「俺は勝手に介入して、まるで犯罪者みたいに言われましたよ」

「俺は、最初から介入しない。医療スタッフとして、ここへ来てるだけでね。すべてのトラブルは、自分で処理すると沖田さんは決めてるんだ」

「しかし長いな。もう三時間近くになる」

「まるで患者の訴えを聞くように、あいつらの滅茶苦茶な言い分を黙って聞いてる。根較べみたいなもんだな。あいつらも馬鹿じゃない。直接的な暴力は避けてるよ」

三時半になった。

俺は腰をあげ、土の山にとりついた。

「いい勝負だな、おまえも。そんなことをして、どうしようってんだ」

呆れたように言って、桜内は建物に戻っていった。

掘り返す土は、湿りを帯びていてスコップによくくっついた。そのたびに、俺は土にスコップを叩きつける。土の山は、かなり小さくなっていた。あと一日あれば、きれいにならすことができるだろう。掌の痛みは、あまり感じなくなっている。

汗がしたたった。この土の山を片付けてしまったら、また別になにかやることを捜さなければならない。なんでも構わなかった。なにもなければ、元通りの土の山を作り直してもいい。

五時になると、俺は釣道具を片付け、クーラーボックスの魚を海に捨てた。生きている魚は一尾もいなくて、みんな腹をむけて海面に浮いている。

手を洗っていると、ようやく二人の男が出てきた。二人とも、うんざりしたような表情をしている。根負けしたというところなのか。

陽が落ちかかっていた。この季節の日暮は、一年でも一番早い。

街へ戻った。

川中は、カウンターでドライ・マティニーをやろうとしているところだった。

ホテルでシャワーを使い、髭を当たってから、もう一度外へ出た。

「冴えない顔をしているな、下村」

「別に落ちこんでるわけじゃありません。どうも、ピンと来ない。沖田さんがなにを考えてるのか、よくわからないんですよ」

「沖田さんも、多分そう思ってるぜ。おまえがなんのために土をひっくり返しているのか、どうもピンと来ないってな」

「お互いさまか」

「似ているところがあるんだ、沖田さんと」

言われると、そうかもしれないという気がしてくる。勝手に意地を張っている男が二人。漫画みたいなものだ。

俺は坂井に、ターキーのオン・ザ・ロックを頼んだ。黙って坂井が頷く。出されたグラスの氷は、大きなものがひとつだった。ロックスと、次は複数形で言ってみよう、と俺は思った。

「医療法人の許可、下りたんですか？」

「なぜ俺に訊く？」

「なにも関心なさそうな顔をして、なんでも知っていそうだから」

「キドニーは、甘い弁護士じゃない」

笑いながら、川中が言った。淋しそうに、この男は笑う。ふとそう思った。どこかに、隠された淋しさがあって、それが人を惹きつけるに違いない。

「宇野さん、なぜキドニーっていうんですか？」

「知らなかったのか。やつの腎臓は二つともいかれてる。二日に一度、人工透析を受けてるんだ。世間ってやつに、ごついキドニーブローを食らったと思いこんでるよ。ほんとうは、単なる交通事故さ」

「腎臓だったんですか」

俺は煙草をくわえた。坂井は火を出してこない。自分のジッポを使った。眼が合うと、坂井はにやりと笑った。この男が、店の中で笑うのを見るのははじめてだ。

「沖田さんは」

言いかけて、川中はドライ・マティニーを飲み干した。待ったが、次の言葉は出てこなかった。

女の子たちが出勤してきたようだ。嬌声が交錯すると、開店前の店ににわかに酒場らしい雰囲気が漂いはじめた。

11 傷

港のそばの屋台で、十一時近くまで飲んだ。

大して酔ってはいない。ホテルの部屋へ戻っても、やることがなにもないだけだ。一泊三千円のホテルでも、長くいるとなると俺の財布に響いてくる。いまは、それもあまり考えなかった。財布が空っぽになった時に、考えてみればいいことだ。

三軒目の屋台を出た時、男たちが車から降りてくるのが見えた。

殺気というやつは、感じる気になれば感じる。男たちは確かに殺気を発していて、それは俺にむいていた。四人。ひとりで相手にするには、いささか多すぎる。

それでも俺は、四人を誘うように通りを渡り、港のコンテナ置場の方へ歩いた。この時間、通りを渡ってしまうと人通りはまったくない。

コンテナを背にして、俺はふりかえった。男たちも、身を隠す気はなかったようだ。四人が、適当な間隔をとって近づいてくる。

「なんで、土方の真似なんかしてやがる」

むかって右端の男だった。

「ほんとは、沖田に雇われてるんだろう?」

男たちが俺をどう思っているのか、およその見当はついた。沖田に雇われているらしい得体の知れない男に、つまりはヤキを入れようとしているのだ。

どうするか、俺はとっさに決めていた。

右端の喋っている男。二歩近づいてみる。

男は退がらなかった。間隔は四歩というところだ。まだ身構えてもいない。四人という数をたのんでいるところがあるのだろう。

「俺が、沖田診療所に雇われてるって?」

次の瞬間、俺は跳躍していた。存分に、拳を叩きこめた。男がふっ飛び、路面に落ちる前に、俺は躰のむきを変え、二人目にぶつかるように踏み出した。横から蹴る。距離はしっかり感じとっていた。脇腹に入った。俺の攻撃はそこまでだった。体当たりを食らい、俺は路面にふっ飛んだ。立ちあがろうとするところを、蹴りつけられる。こらえた。なんとかなる。そう思った。躰を回転させ、跳ね起きる。掌底。相手と接近していれば、有効な技だ。三人。しかし、最初のひとりはもう立ちあがっている。四人目を、踏み出して牽制し、最初のひとりにむき直って拳を出した。白いものが突き出されてきた。かわしきれなかった。革ジャンパーの内側に入るように、俺の躰に入ってきた。

どう逃がれたか、憶えていない。気づくと、俺は脇腹を押さえて走っていた。傷が深いとは思えなかった。しかし、血はかなり出ている。

走り続けた。追って来てはいないようだ。

人通りの多いところまで走り、それから俺は歩きはじめた。右の袖を抜き、革ジャンパーのファスナーは下のところだけかけた。そうやって、右の掌で傷口を押さえて歩いていれば、大して目立たなかった。

公衆電話。救急車を呼ぼうという気はなかった。番号案内で、『ブラディ・ドール』の番号を確かめる。すぐに教えてくれた。

時計を見た。ちょうど看板のころだ。まずボーイが出、しばらく待つと坂井が出た。脇腹の血が、ジーンズの方まで流れ落ちてきている。

「医者を、知らないか？」

「てことは、どこかやられたってことか」

坂井の口調は店のものではなく、押し殺したように低かった。

「大したことはない。出血さえ止まればいいんだと思う。繃帯が巻ける程度の医者でいいぜ」

「どこだ？」

俺は場所を説明した。五分で行く、と坂井は言って電話を切った。

目立たないように、俺は建物と建物の間に入りこんだ。森で傷つけられた動物のようなものだ、と俺は思った。血はまだ止まっていない。なにしろ走っていたのだ。止まるものも、止まりはしないだろう。

うずくまった恰好のまま、俺は何度も掌をジーンズに擦りつけた。色までは見分けられない暗さだ。掌の生温かく濡れた感触だけがよくわかる。

ジャンパーのポケットから、煙草を一本出して火をつけた。煙を吸いこんでも、別に咳きこみもしない。内臓まで刃物が達しているわけがなかった。知らない街でなかったら、自分で治療しようと考えたかもしれない。ここでは、ホテルのフロントで鍵を受け取ることすらできないだろう。

黒いスカイラインＧＴＳ。店のベストを着たままの坂井が降りてきた。

立ちあがっただけで、俺は通りには出ずに坂井を呼んだ。黒っぽいコートを片手に持って坂井が走ってくる。

「どの程度だ」

「血がひどくて、目立ち過ぎる。呼び出して悪かったな」

答えず、坂井は俺の躰にコートを着せかけた。それで、血はほとんど隠すことができた。

五分と走らなかった。小さなビルの前で坂井は車を停めた。病院なのかどうか、俺にはよくわからなかった。

階段を昇った。小さなドア。上半分がガラスだ。鍵はかかっていなかったようだ。坂井がドアを開けて声をかけると、返事が戻ってきた。聞き憶えのある声だ。

「酔っ払ってるからな。右の腕と左の足を縫いつけちまうかもしれないぞ。覚悟しろ」

コートと革ジャンパーを脱ぎ、シャツ一枚になった俺の脇腹を覗きこみながら、桜内はひどく匂(にお)う息を吐いた。傷の具合の確かめ方は、手際よかった。鋏(はさみ)で、俺のシャツを切り裂いていく。

「ここで開業してるんですか、桜内さん？」

「熱心な医者じゃないがね。なにしろ、おまえみたいな手合いばかり運びこまれてくる。情熱なんてものは失(う)せちまうのさ」

血を拭われた。出血はまだ続いているようだ。ようやく、痛みも感じられてきた。

「筋肉がびしっと張りつめてる。それで内臓までは届かなかった。刺したやつも、セオリー通りの匕首(ドス)の握り方をしていない。刃を内側にむけたまま刺したんで、途中から抜けてる。慌ててたか、馴(な)れてないかのどちらかだろう」

慌てていたはずだ。抜いて突き出す。それで精一杯だったろう。そのあと、刃物を叩き落としたような気もするが、よく憶えていない。四人が四人刃物を出せば、ズタズタに切り刻まれただろう。だから、逃げることにすべての力を注いだ。

「縫いつけるぞ。その前に血管を一本縛るが、傷口を縫うのも同時にやってしまう」

「麻酔は？」

「贅沢をぬかすな。大病院なら、輸血と麻酔を同時にやるだろうがな。とにかく、手術が終ったら水でも飲んでろ。おまえの血は、水で薄めたくらいがちょうどいいんだよ」

「ひでえところに運びこまれたもんだ」

俺が言って、坂井は関心もないように、桜内の椅子でふんぞり返っていた。

ちょっとびっくりするほどの、手際のよさだった。外科医とはこんなものなのか。縫いはじめたと思ったら、もう縫い終っていた。ガーゼを当ててテーピングして、それでもう桜内は手を洗いはじめている。

「化膿止めは出しておこう。それ以上は、なにもやる必要はない」

「沖田さんも、襲われる可能性があるな」

「大丈夫さ。おまえは目立ちすぎた。なにしろ、土方に釣りだからな。連中も、刺す気まではなかったかもしれんよ」

「見ていたようなことを言いますね」

「狙った刺し方かどうかは、傷口を見ればわかるさ。そろそろ帰ってくれ。俺はこのところセックスが過剰で、充分に眠る時間が必要なんだ」

シャツは切り裂かれていて捨てるしかなかった。革ジャンパーの裏地についた血を、俺はアルコール綿で何度も拭った。自分の血ではないか、という表情で桜内が俺を見る。途中で諦(あきら)めて、俺は素肌に革ジャンパーを着こんだ。

「女を、取り返しに来たんじゃないのか？」

　追い出されるように下に降り、車に乗りこんでから坂井が言った。躰を曲げた拍子に脇腹が痛くなって、俺は息を止めていた。

「もう沖田さんと、完全にくっついちまってるな。無駄なことだと、俺は思うよ」

「沖田さんは、誰ともくっつかない。そんな気がする。自分の欲求の対象として、まりこはいるだけさ。まりこのためになにかしようという気も、沖田さんにはないと思う」

「それでも、取り返せないんだろう」

「おかしいよな」

「俺は難しいことを考えるのが苦手でね。それでバーテンをやってる。カクテルの作り方なんて、一度流儀を持っちまえば、あとは自然に躰が動いてくれる。人生ってやつは、どうもそうはいかないらしい」

　エンジンをかけたが、坂井はすぐに車を出そうとはしなかった。煙草をくわえ、ジッポで火をつける。

「大事なものらしいな、そのライター」

「ライターが大事なんじゃない。このライターにこめた、俺の思いが大事なんだ」

「気障(きざ)な科白(せりふ)だぜ」

「言葉で言えばな。すでに、死んでしまった人の物だ。その人を忘れたくないから、使っているわけじゃないぜ。こんなものなくても、俺はその人を忘れない。ただ、使うたびに、その人が死んだ時の、俺の気持を思い出す。思い出して、心をヒリヒリとさせておきたいのさ」

「変な連中ばかりだ、この街は」

「おまえだって、かなり変ってる」

「明日も、俺は沖田さんのところへ行くよ。あの男がどこで偽物(にせもの)の部分を見せるか、わかるまで通うつもりだ」

「無理かもしれないな、それは」

「沖田敏夫は本物の男ということか?」

「わからないさ。ひとつ言えるのは、偽物でも本物になってしまう時がある。人生には、そういう時があるはずだ」

「若いくせに、説教が好きなタイプか」

「下村、俺は別に、沖田さんのところへ行くなと言ってはいないぜ」

「行こうが行くまいが、俺の勝手さ」

「そうだな」

坂井は、人通りの減った通りを眺めながら、まだ煙草を喫(す)い続けていた。俺と、大して変らない歳だろう。そのくせ、どこかに老人の匂いを持っている。

「どこまで送ればいい？」

「駅前の、ビジネスホテル」

「あそこか。おまえには似合いのねぐらじゃないか」

煙草を指で舗道に弾き飛ばし、坂井は車を出した。

12 二人

出血は止まっていたが、鈍い痛みはすぐに消えそうもなかった。

俺はいつものように、岸壁に腰を降ろして、釣竿を持っていた。時々、竿先をチョンと動かしてやる。それさえも、面倒になりはじめている。

宇野のシトロエンが姿を見せたのは、十時を回ったころだった。俺は作業を休み、釣りを続けていた。黒鯛用の仕掛けと餌に替えたので、まだなにも釣れていない。

一時間ちょっとで、宇野は建物から出てきた。

「早いとこ、女を取り返したらどうなんだ」

俺のそばに来て、宇野が言う。パイプを握っているが、火は入っていないらしい。

「物じゃありませんからね」

「気持を自分にむかせるために、釣りなんかやっているわけじゃあるまい」

「なぜここにいるのか、時々忘れちまう。いま起きてることの流れってやつが、なんとなく見えてきて、そっちを面白がったりしちまうんです」

「沖田が諦めればいいことなんだ」

「なにを、諦めるんです？」

「人生をさ」

「この街に来て、俺は人生という言葉を何度聞いたかな。自分でも使ったような気がするし」

「俺が思ったほど、無鉄砲なやつでもないみたいだな、おまえは」

「会社を辞める時、無鉄砲だと上司に言われましたがね」

「来い。昼めしを付き合え」

返事も待たず、宇野は歩きはじめていた。釣竿はそのままにして、俺はついていった。どうせ、作業は休むと決めたのだ。

「運転してくれるか」

キーを抛ってきた。俺は左手で受け取り、運転席に腰を落ち着けた。マニュアル・ミッションの車だ。右手でシフトしなければならない。そのたびに、脇腹が痛むだろう。

「飛ばしてみろ」

パイプに火を入れて、宇野が言う。エンジンをかけると、シトロエンの車体はむくむくと起きあがった。

シフトを確かめ、窓ガラスを降ろし、俺は車を出した。直線では問題はない。難しいのはコーナーだろう。ハンドリングを、一発で決める。スロットルはいくらか開き気味で、コーナーの出際には全開にしてやる。

頭ではわかっていたが、すぐにはハンドリングの感触が摑めなかった。コーナーで、車体が揺れる。切り増しや切り戻しをすると、やわらかなサスペンションは安定を欠いてしまうのだ。

ホテル・キーラーゴにさしかかったあたりで、ようやくコーナーを一発で決められるようになった。

「やるじゃないか」

宇野は、アームレストの上にある電話をとって、番号をプッシュしはじめた。事務所へかけたらしい。きつねうどんを二つ、などと言っている。

きついコーナーがある場所にさしかかって、俺は緊張した。コーナーの入り際と出際でシフトを繰り返す。四、五台の車を抜いた。

「病院の建設、すぐにはじまるんですか？」

街が近づき、車が多くなった。前の車に続いて、トロトロとコーナーを曲がっていくしかない。煙草に火をつけた。掌が、かすかに汗ばんでいる。

「入院設備のある、かなり大きな病院ができるんでしょう？」

「資金はある。なにしろ、東京の土地なんか全部売っ払っちまったんだからな。医療スタッフもいるし、なにより沖田さんにやる気がある」

「じゃ、できるんだ」

「わからんな」

「妨害ですか。あんな横車、いつまでも押し通せないでしょう」

「ホテルが相手ならな。もっと悪質なのが絡んできてる。そんなことは、まあどうでもいいことだが」

なにがどうでもよくないことなのか、俺にはわからなかった。

街へ入り、事務所のあるビルの前で俺は車を停めた。黒いポルシェがうずくまっている。それを見て、宇野は軽い舌打ちをした。

川中は、事務所の応接セットのソファで、肘かけを枕に昼寝をしていた。思ったより、ずっと整頓された事務所だ。

「昼めしは諦めろ、下村。川中が食っちまってる。二人分だぞ」

「悪かった。ひとつは下村の分だったのか」

川中はソファに躰を起こし、煙草をくわえた。

「話があって、待ってたんだ、キドニー」

「どうしようもないだろう。俺に、どうしろというんだ」

「わからないから、話しに来たのさ」

「めずらしいな」

「蒲生の爺さんのため、と思うしかない」

「そういうことか、つまり。川中、俺は嫌味を言うわけじゃない。無理だな」

なんの話なのか、俺にはよく摑めなかった。二人とも、極端に言葉が少ない。

「巻きこまれ型のおまえが、自分からトラブルに首を突っこもうとするとはね」

「本気で訊いてるんだ、キドニー」

「沖田敏夫は、すべてを自分でやるつもりさ。誰の力も借りる気はないだろう」

川中が煙草を消した。

「おまえが別の返事をするだろう、と思って俺は待ってたよ。ただ時間を潰しただけのようだな」

「方法が、見つからない」

宇野の声が、いくらか高くなった。

「意味というものを考える人間にとっては、その意味を破壊されることは、死と同じことだからな。いいか、川中。俺はおまえを見ると反吐が出る。それほど嫌いだ。しかし、信用してないわけじゃない。おまえに本気で訊かれれば、俺は率直に喋るよ」

川中が眼を閉じた。あらかじめ決められたなにか。二人の間には、それがある。沖田にもある。話は、それを前提に進められているようだった。

「悪いが下村、キドニーと二人だけにしてくれないか」

川中は、まだ眼を閉じていた。俺は黙って腰をあげ、事務所を出た。秘書のデスクにも誰もいなかった。

小さなイタリア料理の店で、きつねうどんの代りにスパゲティを食った。煙草が切れていた。自動販売機を捜さず、すぐそばのパチンコ屋に入った。一進一退をくり返し、そこそこの台に当たって、小箱一杯の玉を出した。煙草が五つ。使った金で買えば、お釣がきたところだ。

袋を抱えて舗道を歩いていると、クラクションを鳴らされた。

「腹の具合はどうなんだ？」

桜内は、黄色いシビックを運転していた。

「どうってことないです。出血は止まってますよ」

「運は悪い方じゃなさそうだな。内臓をやられてたら、いまごろが峠だったろう。最後は、自分の生きる意志しか武器のない闘いをしてたってわけだ」

自分の怪我のことなどに、あまり関心は持っていなかった。死ぬほどの怪我でないことは、桜内に言われなくても躰が知っている。

「診療所へ行くなら、乗せていってくれませんか」

「おまえの車は？」

「診療所ですよ。戻る足がなくなっちまった」

桜内が頷いたので、俺は助手席に乗りこんだ。

「機嫌が悪そうだな」

「昼めしを、川中さんに食われちまった」

「それだけか？」

「川中さんと宇野さんの話の内容が、まったくわかりませんでね」

桜内は、急いでいるふうもなく、のんびりとシビックを転がした。

「大体、蒲生の爺さんってのは、何者なんですか？」

「知ろうという気になってきたのか」

「まあね。知ることは知っていた方がいい」

「いまごろそんなことを言うとは、かなり鈍い方だな」

桜内が笑った。

「一年ばかり前まで、蒲生さんはあそこのヨットハーバーの管理人をしていた。知子の叔父でもあった」

看護婦の山根知子の叔父なら、従兄弟（いとこ）だという沖田は、彼女のなんに当たるのか。ちょっと考えてみたが、図でも描かなければわかりそうもなかった。

「あそこの土地は、沖田の家のものでね。長い間、沖田敏夫と、その兄に当たる人が半々で所有していた。ヨットハーバーは、沖田さんの兄に当たる人が、気紛（きまぐ）れではじめたことらしい」

「土地は、そのままだったんですね」

「蒲生さんが死んだ時、兄さんは土地を売っちまった。沖田さんも売るだろうという話だったな」

「そんなことは、およその見当がついてましたよ」

「沖田さんと蒲生さんは、若いころから仲がよかったらしい。いつかは、あの土地に老人病院を建てて、蒲生さんを入れてやるなんて話を、よくしてたそうだよ」

「それが、去年死んじまった」

「殺されたんだ。おまえみたいに、運のいい刺され方をしなかったのさ」

車は、海沿いの道に入っていた。やはり桜内が急ぐ気配はない。俺は紙袋の中から煙草をひと箱出し、封を切った。

「俺にも一本くれ」

「桜内さん、煙草を喫（す）うんですか？」

「この一年、やめてたんだがね」

「じゃ、やってください。毒なんてもんは、人間は喫った方がいいんです」

「健康のために、やめてたわけじゃない。知子とのちょっとした口喧嘩（くちげんか）でね。意地を張ってやめることになっちまった」

「意地を、張り通さないんですか」

「知子がね、沖田さんとこへ行っちまったんだよ。気がつかなかったか」

「さあ」

「どうも、俺も君と同じ立場になったらしくてな」

笑いながら、桜内はカーライターで火をつけた。

「病院の話なんてのは、蒲生さんが死んだあと、沖田さんが言い出したことだ。それまで、沖田さんも土地を売るだろうと、みんな思ってたよ。固い約束だったから、と沖田さんは言った。実際、蒲生さんが生きている間、あの土地は売られなかった。そんな約束があったのかもしれない、と考えることはできたね」

「なにか証拠は？」

「あるわけないだろう、そんなもん」

「東京の財産を処分してまで、あそこに病院を建てるメリットが、沖田さんにはあるんだろうか」

「ないね。繁盛している東京の病院の方が、どう考えてもよかったはずだ」

「そんなに、固い約束だったってわけですか」

「だから、わからないんだそれは。ただ、沖田さんは病院を建てようとしてる」

桜内が、灰皿で煙草を消した。

「誰にも抗(あらが)えないような迫力が、沖田さんにあったことは確かだ」

「男の夢でも賭(か)けてるってことかな」

「そんな甘い話でもない」

「わからねえな、まったく」

俺も、煙草を灰皿で消した。コーナーにさしかかると、車はいっそう遅くなった。排気音を残して、二台の車が抜いていく。見通しのいい場所になると、老人の運転する軽トラックも抜いていった。

「あの人は、死ぬんだそうだ。もっとも、人は誰でも死ぬがね」

「死ぬって」

「癌(がん)さ。堂々と、それを言い放った。だから誰にも抗えないような迫力があるというわけだ」

「ほんとに、癌なのかな」

「俺が見たところでは、肝臓だね。かなり進行して、痛みもひどくなっているはずだ。制癌剤を自分で打ってるし、最近では鎮痛剤もはじめた。時々、ひどい痛みが襲うんだと思う」

まりこはそれを知っているのか、と俺は思った。知っているのなら、空しいものに賭けて俺から離れたということにならないか。

ようやく、ホテル・キーラーゴが見えてきた。俺はもう一本煙草をくわえた。

「蒲生さんは、この街で起きた騒ぎに巻きこまれたようにして、死んだ。あの人の死については、みんな負い目を持ってる。それで、沖田さんのことも気にするようになったんだ。キドニーには、もっと別の理由があるだろうけどな」

宇野が、俺のことをリトマス試験紙だと言っていた。沖田のなにを試そうと思ったのか、わかるような気もしてくる。

「川中は、蒲生さんのことがあるから、見ていられなくなったんだろう。生きている人間がなにをやろうと、あの男は平気だ。冷静でいられる。しかし死んでいった人間が絡むと、本来持っていたものがどうしても顔を出してしまう」

「さっき、宇野さんの事務所で、いつもよりいくらか切迫したような喋り方をしてましたよ」

「沖田を、医療的な保護下に置く。それはキドニーがやる。そして病院の建設の方は川中が引き受ける。できあがった病院を眺めながら、安らかに沖田を死なせたい。川中はそう考えているんだろう」

「その話し合いってとこか」

「キドニーは、ギリギリまで沖田にやらせる気さ。人間の行為に、いつも偽善の匂いを感じとろうとする。ほとんど、キドニーの性格になってきた、と言ってもいい。沖田がどこで破綻するか、見てやろうという気になってる。だから、自分の専門的な領域については、専門家の範囲で仕事として協力する。医療法人の認可については、あの男らしくなくムキになった。つまり、相当入れこんでいる。逆にいえば、いつもよりずっと意地悪くなってる。認可をとってやったのに、建設ができないのか、と言いたいのさ。結局、口だけの男だった、と沖田を決めつけることができれば、あいつは安心できるんだ」

「建設には、妨害が付きまとうでしょう」

「川中が一枚嚙めば、それはなくなる。この街の暴力組織が一番怕がっているのは、警察ではなく、川中だよ」

「見えないけどな」

「この街の暴力組織と川中の間じゃ、そうなるだけの歴史ってやつが積み重ねられたのさ。俺もこの街へ来て長くはないから、その歴史について詳しくは知らんが」

いつの間にか、煙草が短くなっていた。俺は、それを灰皿で丁寧に消した。

もうしばらくすると、ヨットハーバーの跡が見えてくる。夜になれば、灯が紛れもなくその存在を教えてくれるが、昼間は時として風景の中にとけこみ、見失いそうになる。

「川中とキドニーの関係は、そばから見ているると不思議だね。憎み合っているようにも見える。その憎み方が、近親憎悪に近いんじゃないかと思うこともある。しかし俺は、あの二人を結んでいるのは、友情だと思うね。屈折した、悲しい友情だが」

ようやく、ヨットハーバーの跡地が見えてきた。建っている、診療所の仮の建物。

桜内も、もう喋ろうとしなかった。

13　ほほえみ

車が三台並んでいた。

一台は沖田のものだから、客は二台に分乗してきたということか。俺の車は、岸壁のところに停めてある。

また、沖田は根較べをしているのだろうか。連中の方は人間が何人もいて、対応するのは沖田ひとりということになれば、いずれ沖田の方が参るに決まっていた。参った時は、相応の金でこの土地を譲り渡すのか。

俺は、新しい餌をつけて、また釣りをはじめた。脇腹の鈍い痛みは続いている。躰の動かし方によっては、それは鋭い痛みに変ったりするが、もう馴(な)れはじめていた。ただ、スコップを使うのはこたえそうだ。傷口が開いてしまう可能性もある。

四時になって、二人が帰った。まだ、二人残っているようだ。ひどい騒ぎは起きていない。このまま、連中は徹底的にいやがらせを続けるつもりなのか。

五時になり、俺は釣竿を収いかけた。

気配に気づいてふり返ると、まりこがこちらへ歩いてくるところだった。俺はリールをはずしてボックスに収いこみ、竿も三本に分けてビニールのケースに入れた。

「怪我をしたって聞いたけど」

桜内が喋ったのだろう。まりこに言ったのではなく、沖田に言ったのかもしれない。

「チンピラと、ちょっとばかりやり合っただけさ」

「あたしのこと、あまり気にしてないみたいね」

「気にして欲しいのか」

「敬ちゃんも、沖田さんのなにかに惹きつけられてるんじゃないか。見てて、そんな気がしてきたわ」

「狂ってるよ、あの人は」

「もしそうだとしても、人間が生きる力を、あの人はいま一番純粋に持ってるわ」

「そうかね」

「もう、あたしを抱けもしないわ、沖田は。夜は、自分で麻酔を打って眠るだけ」

「麻酔と一緒に、子守唄でもうたってやりなよ」

「あなたが考えてるほど、あくどい人じゃないわ、あの人は」

「俺は、なにも考えてないよ。生きていて、ある瞬間にああいう男にぶつかった。俺は尻餅をついたさ。不意に食らったんでそうなったのか、ぶつかりゃもともとこっちが転ぶ相手だったのか、確かめたいだけだ」

「尻餅って、あたしが出ていったこと？」

「その後の、自分のことさ。おまえのことがなくても、ぶつかりゃこっちが転ぶ男だと納得できりゃ、俺はおまえが出ていった後の自分も許せる」

夕方の風が吹きはじめていた。風の中で、まりこの髪はいつも別の動物のように揺れ動いたものだ。風に靡く髪が、俺は好きだった。いまは、少々の風では靡きそうもない。

「会社も、辞めてしまったんだってね」

「男をひとり、駄目にしちまうってのは、女には気持のいいことだろうな」

会社を辞めたのは、はずみのようなものだった。パリから呼び戻されてからは、ただ習慣に従って通っていたようなものだ。

パリで、はみ出した。俺の内部で眠り、決して眼醒めさせてはならないものが眼醒め、大きくなって俺からはみ出した。はみ出したものがあることが、東京へ戻ってからよりはっきりと感じられた。それをなにかで包みこみ、隠してしまうために、俺はまりこと付き合いはじめ、結婚まで考えたのかもしれない。そしてまりこは、愛情だけではなかった俺の気持を、どこかで敏感に感じとっていたのかもしれないのだ。

「敬ちゃんは、駄目になんかなってない。見てればわかるわ。沖田さんは、どんどんと駄目になっていく人よ。激しいものを持っているだけ、人よりも早く駄目になっていく」

「おまえの役割りは？」

「おかしな言葉を使わないでね、お願いだから。あたしは、眩しかったのよ。なんだかわからないけど眩しくて、眼を閉じてたら、いつの間にかこの街にいた。そんな感じよ。だから、気がついた時に、敬ちゃんに電話だけはしたわ」

「さよならってな」

「そうだったわね。そのくせ、あたしはこの街で生きていくからなんてことを、敬ちゃんに言ってしまったみたい」

「どこにいるかもわからないより、俺にとってはよかったよ。俺は多分、なにかが飽和点に達していた。臨界ってやつさ。おまえの居所がわからなけりゃ、別なかたちでおかしなことになっただろう」

「おまえって呼んでくれるのね、まだあたしを」

「長い間、といっても一年とちょっとか。そう呼んできたんだ」

「あたしはまだ、敬ちゃんを好きなんだと思うわ」

「よせよ」

「気持としてはそうだと言ってるだけ。ごく普通に結婚して、ごく普通に生きることも、あたしには難しいことじゃなかったと思う。少なくとも、敬ちゃんよりは難しくなかったわ」

「それでも、こんなことになっちまった」

「眩しかったのよ。なにも見えなくて、眼を開けていられなかったのよ」

「よかったよ」

「なにが？」

「おまえが、ただのファーザーコンプレックスじゃなくて」

まりこが、かすかに笑った。俺は白い歯に眼をやった。その歯も、俺は好きだった。特に笑うと、歯が表情を生き生きとさせたものだ。まりこを好きだったわけではなく、まりこの髪や歯が好きだったのかもしれないと考えたのは、この二、三日のことだ。

建物の方で、物の毀れる音がした。声はない。なにかを叩きつけている。それだけだ。

まりこが駈け戻っていく。その後を、俺は竿とボックスをぶらさげてゆっくりと歩いていった。建物に近づいても、やはり声は聞えなかった。

二人の男が、玄関の待合室のソファを持ちあげて、壁に叩きつけていた。二人とも無言で、まるで取り毀しの工事かなにかのような表情だ。

沖田は、診察室のいつもの椅子に、デスクに片肘をついて腰かけていた。眼は玄関の方を見ていない。

男たちは、俺の姿をちょっと気にしたようだった。一瞬、動きが止まった。俺は、ただ見ていた。すぐに沖田は耐えられなくなるはずだ。その時、追い出してくれと言われれば、追い出せばいい。

沖田は動かなかった。男たちの呼吸の方が、さきに乱れはじめた。脚のとれたソファを放り出すと、ひとりが大きな息をついた。もうひとりは、うんざりしたような表情で、診察室の沖田の方を見た。

それから二人は、黙ったまま靴を履き、玄関に立っている俺を押しのけるようにして出ていった。

毀れたのは、待合室の備品だった。テーブルは脚が折れ、卓は二つに割れている。ソファもひどいものだ。雑誌が入れてある棚も、叩き割られた恰好だった。壁の新建材の板は、何か所か凹んでいる。

俺は靴を脱いで入っていき、毀れたものの点検をした。修理ができるものと捨てた方がいいものを、選り分ける。捨てた方がいいものは、玄関の外に抛り投げた。

沖田は、デスクにむかってなにか書きものをはじめていた。

「逮捕されるつもりの連中さ。威すようなことはなにも言わず、ただ毀した。人を殴れば暴行罪に問われる。器物破損だけで連れていかれるつもりだったんだ」

外で、折れたテーブルの脚や棚の板を一か所に集めていると、桜内がそばへ来て言った。焚火(たきび)をするのにちょうどいい、と俺は考えていたところだった。

「沖田さんの辛抱強さには呆れるな」

「警察を呼ぶわけにゃいかないんですか」

「連れていかれるのは、二人だけさ。そのつもりで来てる二人が、連れていかれる」

「そして、建物がどんどん壊されていく」

「病棟の建設がはじまったら、ここは取り払うんだ。どれだけ壊されても、大して痛くはない」

「建物だけで、済むとは思えないな」

「むこうも、沖田さんを甘く見てた。この程度で充分だと踏んだんだ」

木片を一か所に集めると、俺は車に戻った。釣道具は、トランクに放りこむ。すでに暗くなっていた。

街へ戻り、港のそばの屋台で夕食をとると、そのまま『ブラディ・ドール』へ行った。

川中は、もういなかった。

坂井がロックグラスを俺の前に置いた。ウイスキーかと思ったが、紅茶だった。傷口の化膿の心配でもしてくれているのか。夕食の時、酒はかなり飲んだ。

「一時間前まで、そこにいたよ」

「いまの話をしてるんだ。俺は」

「一時間前のことしか、わからないんだ」

坂井はグラスを磨いていた。この店のグラスは、どれも光を受けると鮮やかな輝きを放つ。毎日、丹念に磨きこんでいるからだろう。店にいる間、坂井の手が止まっているのを見たことがない。

「沖田さんって、そんなに長くないそうだね」

「六か月。桜内さんと大崎先生の、一致した意見だよ」

「その間に、病院が建てられるのか?」

「さあな。沖田さんは、そのつもりだろう」

俺は、オン・ザ・ロックにしか見えない紅茶を呷った。二人の会話は、ほかには聞きとれないほどの小声だった。麻の布でグラスを磨く、きゅっきゅっという音の方が大きくないだ。

「川中さんは、どんなふうに考えてる?」

「俺に訊くなよ」

坂井は、かすかに唇を動かしているだけで、ちょっと離れたところから見れば、喋っているとは思えないだろう。

「宇野さんと、かなり真剣に話しこんだみたいだぜ」

「あの二人のことは、俺にはよくわかる。口で説明はできないがね。お互いの考え方や感じ方も、手にとるようにわかるらしい。二人とも、俺は好きだよ」

「そんな話じゃないぜ、俺が聞きたいのは」

「二人が、なにを話し合ったかなんてことは、実はどうでもいいことなんだ。話してなにか結論が出るわけじゃない。自分を確かめるために話すんだ、と俺は思ってるよ。鏡にむかって喋るようなもんさ」

坂井の喋り方は、相変らずだった。視線が店の中をめぐっていて、俺にむくことなどほとんどないので、話をしているという気がしない時さえある。

「酒をくれ」

「やめておけよ、今夜くらいは」

「実は、もう飲んじまってる。あと一杯や二杯飲もうと、大して変らないと思う」

「まあ、いいか。桜内さんの手術だし」

「荒っぽいが、腕はいいね、あの人」

「俺も、腕の手術をして貰ったことがある。腕にかけちゃ、どこの大病院の医者にも劣らないよ」

それが、この街の、病院かどうかもわからないようなビルの一室で、細々と開業している。ここまで来るのに、やはりいろいろなことがあったということだろうか。

沢村明敏が出てきた。

弾きはじめたのは、あの曲ではなかった。耳に馴れたジャズのスタンダード・ナンバーだ。それも悪くなかった。

坂井が、ターキーのオン・ザ・ロックを置いた。ロックスと言ってみればよかった、と俺は思った。ピアノを弾いている沢村と、一瞬眼があった。沢村は、ちょっとだけほほえんだように見えた。

14 気

その週は、同じようにして過ぎた。

俺は毎朝診療所へ出かけていき、作業を再開し、その合間には釣りをした。土をすっかりならしてしまうと、毀(こわ)された備品を修理し、使いものにならないものは、燃やした。

連中は、二人、三人と組を作って、毎日やってきては、何時間も粘っていった。無駄だと思ったのか、暴れて物を毀すようなことはしなくなった。沖田は、いつも同じ姿勢で、根気よく応対していた。そこで話されている内容について俺は知ることはなかったが、想像のつかないものではなかった。
沖田の顔色は、相変らずひどかったが、特に調子が悪いというようには見えなかった。運動のためにそうしているようには見えなかったし、俺の方を見ようともしなかった。ひとりで、死というやつにむき合っているのだろうか。そうも思ってみたが、できすぎた恰好だと、鼻につくような気分になってしまう。

変ったことといえば、隣りの敷地にブルドーザーとパワーシャベルが入ったことだった。それは敷地にトラックで運びこまれてきただけで、動く気配はなかった。機材なども運びこまれてはいない。ホテルの建築計画には、こちらの敷地まで入っているはずだ。沖田から土地を買収しないかぎり、動きようはないはずだった。

もうひとつ変ったことは、俺がねぐらを変えたことだ。桜内の部屋に、転がりこんだのである。深夜まで一緒に飲み、さらに桜内の部屋で明け方まで飲んだ。翌朝、俺は駅前のビジネスホテルを引き払い、桜内の部屋に荷物を運びこんだ。三ＬＤＫの新築のマンションで、まったく使われていない部屋がひとつあった。山根知子が戻ってくるまで、と断ったが、荷物を運びこんだ恰好は、戻ってきはしないと言っていたに違いない。

桜内と山根知子の間になにがあり、なぜ山根知子が診療所に泊りこむことになったのか、俺は知らない。ただ、山根知子が、看護婦として泊りこんでいるとは思えなかった。

桜内の部屋には、深夜の電話が何度かあった。そして二度、手術用具の入ったスーツケースをぶらさげて、夜中に外出した。まともに病院へ行くことのできない人種の治療で、かなり稼いでいるに違いないと俺は睨んだ。

日曜日も俺は診療所に出かけていったが、何事も起きなかった。毎日やってきていた連中も、日曜だけは休んだようだ。

「黒鯛は、いないような気がしますよ」

部屋に戻って、俺は桜内に言った。毎日、黒鯛用の餌と仕掛けで試しているのだが、一度も当たりは来ていない。

「俺は見たぞ、一度。蒲生の爺さんが、三キロもあるやつを釣りあげたんだ」

「鯵みたいなやつは、泳いでるのも見えるんですけどね」

「錘を半分にしてみろ。細い浮きを使うんだ。黒鯛ってやつは、相当デリケートで警戒心が強いと聞いたことがある。当たりが来てるのに、おまえ気がつかないんじゃないか?」

「そういえば、餌はなくなるな」

「みろ、おまえがしてやられてるんだ」

日曜は、桜内も大崎ひろ子も、診療所を休んでいた。もっとも平日も患者などはやってこない。いまのところ、医者がいようがいまいが、大した変りはないのだ。

「山根さん、今日はジーンズ穿いてましたよ」

部屋に帰るなら車に乗せていくとも言ったのだが、それは黙っていた。山根知子は、考える表情も見せずに、俺を無視したのだ。

「あれのことは、放っておけよ」

「それで平気なんですか、桜内さんは」

「おまえだって、平気にしてるじゃないか」

「そうですね」

「あれは、土壇場に立った男に、惹きつけられちまうんだ。目下のところ、俺は土壇場に立った迫力はないからな」

「いずれ沖田さんは死ぬ、と考えてるんですか」

「そんなことを考えてたら、あれは俺のところに戻りはしないよ。いずれ、俺はあれを引き戻すつもりでいる」

俺の言葉に腹も立てず、桜内はそう言った。

電話が鳴ったのは、日曜の深夜だった。公にできない怪我をする人間は、俺が想像したよりずっと多い。そんなことを考えていると、桜内が話しながら俺の方を見た。治療の依頼の電話ではないらしい。

「知子からだ。岡本まりこが、夕方出かけたきり戻らないそうだ」

受話器を置いてから、桜内が言った。

「ただ出かけたってことでしょう？」

「確かに、具体的なことはなにもわかっちゃいないが、知子はそういうことでは動物的な勘が働く女でね」

「警察に、電話したのかな」

「してないね。俺に電話をすれば、おまえに伝わると知子は思ったのさ」

「そうですか」

俺の頭に最初に浮かんだのは、まりこの顔ではなく沖田の顔だった。どうするか考えるのは、まず沖田の役割りだ、そう思った。俺がなにかやるにしたところで、沖田に頼まれてだ。

「沖田さんは、警察に訴えたりはしないぜ。そうするくらいなら、はじめからやってるよ。あの人は、病院を建てると決めた時に、ルールを作った。他人には関係ない、自分だけのルールさ。その中に、警察という言葉はないんだ」

「はじめから、こんなに面倒が起きると考えてたわけじゃないでしょう」

「蒲生さんが死んで、土地を処分するということになった時、買収攻勢に遭ったはずだ。その時点で、病院建設を決行すれば、かなりの妨害があるとは予想できただろう」

警察が必要なことなのかどうか、まだわからない。たとえ必要だとしても、俺自身で駈けこもうという気は起きなかった。

「明日になっても戻らなけりゃ、やはりなにかあったと考えるべきだな。街に、食料を買いに行っただけだというし」

「俺は俺で」

「そうだな。おまえはおまえで、自分で決めて動くしかない。とにかく、明日まで待ってみようじゃないか」

部屋へ入っても、すぐには眠れなかった。俺の寝具は、スポーツ用品屋で木刀と一緒に買ったシュラフだけで、いつもは感じない窮屈さを感じてしまったのだ。

明け方、うとうとと二時間ほど眠った。

診療所に行った。

いつもと同じ時間だ。海沿いの道では飛ばしたくなったが、自分を抑えた。

まりこがいようといまいと、診療所はなんの変りもなかった。沖田は、建物の周囲をとぼとぼと歩いていただけだ。五十二歳だというが、その姿を見たかぎりでは、七十をいくつも超えているように思える。

正午すぎに、連中がやってきた。三人だ。口もとに、下卑(げび)た笑いを浮かべている。

連中は、まりこのことを取引材料に出したようだった。それは、知子が知らせてくれてわかったことだ。沖田は、片肘(かたひじ)をデスクに載せるいつもの姿勢を、まったく変えていないらしい。

俺は車で街まで行き、夕方近くに一度戻ってきた。連中はもういなかった。沖田は、診察室にいた。入ってきた俺を見て、力なくほほえんだように見えた。建物の中で、俺が入ったことがあるのは、この診察室だけだった。それも、最初の時だけだ。

「諦めてくれるといいんだが」

「誰が、なにをです？」

「彼らが、まりこを使って私を威すことをさ」

「諦めなかったら？」

「仕方がないね」

「なぜ、そう意地を張るんですか。病院ができればいいんでしょう？」

「私のやり方で、誰の力も借りずにやりたいと思っている。いや、そう決めた」

「病院を建てる。建築関係の業者が沢山入りますよね。それだって、人の力を借りてるってことでしょう。あんたひとりじゃ、土台だって造れはしない」

「私の、気持の問題さ。特に、妨害などが予想されたが、それについてだけは、絶対に自分だけの力で対処する、と決めた」

「なぜ？」

「決めただけだよ」

「まりこは、殺されるかもしれない」

「他人の命を考えて生きている時間が、私にはない」

「それで、病院を造ろうってのかい？」

「医者が、病人のことを考えるのは、仕事だよ。それ以外のことは、自分で決めたことに従う」

「御託を並べるなよ、沖田さん。妨害は自分ひとりでなんとかすると言ったって、医療法人の認可を取るために、宇野さんの力に頼ったじゃないか。あの認可だって、いろいろ妨害があって取れなかったわけだろう」

「一度だけ、力を借りたね。それは認める。キドニーが、そうさせてくれと私に頼んできた。キドニーには、頼む権利を認めたよ、私は」

「ほう。都合のいい話だ」

「キドニーは、私ほどではないにしても、死に近いところにいる。普通の人間と較べると、ずっと死に近いところにいるんだ。そのキドニーが、私を試そうとした。見苦しく死んでいくのかどうかかね」

「いまも、試してる気だろうさ」

俺がまりこを沖田から奪い返す。それもリトマス試験紙のようなものだ、と宇野は言った。俺は、その試験紙の役割りを、十日経っても果そうとしなかった。

代りに、連中が試験紙になってくれた。

宇野が思った通りの結果が、いま出ているのか。それとも逆か。いずれにしろ、まりこが消えたくらいでは、沖田はいかなる変化も見せていない。

「健康な人間を見ると、疎ましくなってね。君など、健康そのものという感じだ」

「それで医者かよ、あんた」

「私の肉体が普通の状態にあったら、君を好きになったかもしれん。だから本心を言ってるのさ。医者である前に、人間だよ。弱さも醜さも持ってる」

「なにに執着して、あんたは病院を建てようなんてしてんだ。どうせ、すぐ死んじまうんだろう」

言い過ぎている、という気もした。しかし、無意識のうちに、十日の間に溜ってしまったものがある。抑制はきかなかった。

「自分の命に、執着していると思うよ」

「てめえで建てた病院に、てめえで入院して、てめえで手術するのかよ」

「そんなことじゃない。病院というのは、たまたま私が医者だったからだ」

「わからねえな」

「健康だからさ」

「言い逃れだ、それは。ただのエゴイストじゃねえか」

「その通りだ。命というのはエゴイズムと同義に近い、と私は思いはじめてる。まりこを懸命に誘ったのも、その時はまだ私に性欲があったからだ。これが最後だと思うと、すさまじい力が出るものだ。その力に、まりこは抗えなかったんだろうと思う」

「眩しかった。それで眼を閉じたら、いつの間にかここにいた。そう言ってたよ」

「眩しいか」

「俺は眩しくもないね」

俺は腰をあげた。

沖田が言うことに、一本筋が通っているのかどうか、歩きながら考えた。通っているとしても、曲がりすぎた筋だ。そうとしか思えない。

車に乗った。エンジンをかけてから、しばらくじっとしていた。それから、回転をあげてクラッチを繋ぎ、急発進させた。

15　こめかみ

車は、通りに停めたままにした。

路地へ入り、通りのむこうの一か所を、じっと見続けた。

妨害にきている連中は、この街の人間ではなかった。熱海から雇われてきたらしいことは、すでに調べてある。連中がたむろしているのが、中央通りにある、不動産屋の事務所だ。

俺のいる路地から、その事務所の入口がよく見えた。すでに陽は落ちているが、街の明るさは、通りのむこうの人の顔の見分けもつけさせた。

三十分も待たなかった。

男が三人。二人とひとりに分れた。連中は、俺が数えたところでは、全部で七人だ。もっとも、直接診療所にやってきた数にすぎない。

出てきた三人も、よくやってきていた。今日も、その三人が来ていたのだ。

俺は、ひとりだけで歩きはじめた男の方を、三十メートルほどの距離を置いて尾行していった。港の方へ行く気らしい。場所としては、おあつらえむきだった。

男が、狭い路地に入った。小さな旅館があった。そこへ入っていく。下手をすると、長く待つことになりかねなかった。ここに泊っているのだとしたら、朝まで待っても出てこない可能性がある。

仕方がなかった。こちらを選んでしまったのだ。時計を見た。八時四十分。夜中の十二時になったら、諦めて別の方法を考えよう、と俺は思った。そう決めてしまうと、待つことは大して苦痛でもなかった。

十分ほどで、女がひとり入っていった。派手なコートを着た女だった。

暖かい土地だといっても、夜じっと立っていると、さすがに冷えこんでくる。俺は軽く足踏みをしていた。

　十時を回ったころ、男が女と一緒に出てきた。低い声で、なにか話している。大きな通りに出た。男が手を挙げてタクシーを停めたので、俺はちょっとうろたえた。別のタクシーを眼で捜した。

　タクシーに乗ったのは、女だけだった。

　次のタクシーを待つように、男は立ったまま動かなかった。人通りは、あまりない。俺はゆっくりと男の背後から近づき、脇腹に一発拳を叩きこんだ。低い呻きをあげて躰を折ろうとする男の腕をとって支える。肘の関節を決めていた。

「歩きな」

「てめえは」

「逃げようなんて考えるな。ほんのちょっとで、腕を折ることもできるんだぜ」

「いいのかよ、こんなことをして」

「歩けよ、とにかく」

　俺が歩きはじめると、肘の関節を決められた男も、背のびするような恰好で足を動かした。

　港まで、五分ほど歩いた。何人かに擦れ違ったが、躰を寄せ合って歩いている男二人に、大した関心は示さなかった。

通りを渡り、港に入った。倉庫の方へむかう。そこの方が、コンテナ置場より近かったからだ。

「おまえな、沖田に言われてるはずはねえよな。いいのか、勝手にこんな真似して」

「いいから、歩けよ」

港には、もうまったく人影はない。男は、かすかに怯えを見せはじめていた。

倉庫と倉庫の間のところで、俺はようやく男の腕を放した。肘を押さえた男が、むき直った。間は置かなかった。左右の突き。男の躰は、四、五メートルふっ飛んだ。急所ははずしてある。痛みは、ひどいはずだ。しばらく、俺は立って待っていた。男が、のろのろと上体を起こす。立ちあがっていいのかどうか、俺を窺っている気配だった。男がちゃんと立ちあがるまで、俺は待った。

男が身構えた。肚を決めたようだ。路面を靴が擦る音がした。左腕で、男の拳を受ける。躰がぶつかろうとする瞬間、腰の回転をきかせた膝を突きあげた。二つに折れかかった男の躰を支え、そのまま倉庫の壁まで押していった。左の突き、返しの右肘。崩れかかった男を、さらに下から突きあげる。

「てめえはっ」

男の姿勢が低くなった。下から突きあげようとした時、胸の真中に男の頭突きを食らって、俺は尻から落ちた。跳ね起きた。左右の突き。壁に背中をぶっつけた男の腹に、さらに右の膝を打ちつける。口から、白いものが噴き出してきた。倉庫の扉の入口の明りが、湯気をあげる吐瀉物(としゃぶつ)を照らし出す。

顔の真中に、拳を叩きこんだ。歯がボロボロと折れる感触がある。口から噴き出す白いものが、赤い色に変った。まだ、急所らしいところに、ほんとうに打ちこんではいない。男の眼は生きていて、怯えた色で俺を見つめていた。

俺は左に軸脚をとって、右足を高くあげた。上体の回転に右足を乗せた。俺の足は、男の首筋に食いこんでいった。

棒のように倒れた男が、白眼を剝(む)いて脚を痙攣(けいれん)させている。

俺は煙草(たばこ)に火をつけた。ジッポの、金属の触れ合うような独特の音が、闇(やみ)の中にやけに高く響いた。煙草を一本喫(す)い終えるころ、男はようやく手足を動かしはじめた。襟首を摑(つか)んで、壁際まで引き摺(ず)った。壁を背にして腰を降ろした恰好である。

「どこなんだ?」

男の耳もとで、俺は言った。

「女はどこにいる」

閉じていた男の眼が、かすかに開いた。見かけよりも、参ってはいない。首筋の急所は、しばらくすると回復するものだ。

「言った方が、おまえのためだぜ。いまのところ、まだ序の口なんだからな」

「玉井（たまい）不動産の事務所」

男が言い終る前に、俺は脇腹のあたりを続けざまに軽く蹴（け）った。俺の足から逃（の）がれようとして、男は意外に素速い動きを見せた。それでも、立っている俺の方がずっと速い。どこまでも、男が逃げる方に足は付いていった。呻きをあげて、男が躰を痙攣させた。それでも軽く、俺は蹴り続けた。

男が叫び声をあげた時、俺はようやく蹴るのをやめた。

「言っちまえよ、ほんとのことを」

男の息遣いは荒かった。胸板が大きく上下しているのがわかる。もう一度、男を引き摺って壁に凭（もた）れさせた。

しゃがみこみ、顔を覗（のぞ）きこむ。血と吐瀉物にまみれ、眼だけが白く光っていた。男のこめかみに、拳を軽く一度当てる。男の腕が、俺の脚に絡みついてきた。引けば、そこをつけこまれる。そうなったところで、それ以上の攻撃を男ができないことはわかっていたが、俺は絡みつかれた脚に体重の全部をかけた。もう一方の足で、男の胸のあたりを蹴りあげる。男の腕から力が抜けた。さらに体重を乗せて、胸を蹴りつけた。肋骨（ろっこつ）が二、三本は折れたはずだ。

壁に凭れさせた男の顔を、もう一度覗きこんだ。眼に力がなくなっている。俺は腰を落とし、男のこめかみを、左右の拳で軽く撫（な）でるように打ちはじめた。二発や三発では、大して効きはしない。二十発、三十発と重なると、死ぬのではないかという気がしてくる。脳の中のものが、すべて叩き出されてしまうのだ。残るのは恐怖だけだった。

どこかの大学の空手部で、こんなやり方のリンチがある、と聞いたことがあった。やるのは、はじめてだ。

「やめてくれ」

男の声は、呟くように低い。

「頼むよ、やめてくれよ」

俺は、さらに二、三十回こめかみを軽く打ち続けた。

「言うよ。なんでも言う」

やめなかった。男の全身からは、すでに力が抜けている。だが、気を失ってはいない。いつまでも、死すれすれまで、気を失いはしないことは、殴っている俺の方でよくわかった。

男は、やめてくれとしか言わなくなった。呟くように、ただそう言い続けている。

「喋ってみろ。女はどこだ?」

「ビーチハウス」

「それは、どこにある?」

「そこの通りを、ずっとあっちに行って」

かすかに、男の指さきが方向を示すように動いた。海沿いの道を真直ぐ、『レナ』のある方向にむかって。それはわかった。

「海水浴場の手前の岬」

松林があった。松林だけかと思ったが、家もあるらしい。一軒ではないかもしれない。

「ビーチハウスの、どこだ？」

「十二号」

「持主は？」

「玉井不動産」

「何人、そこにいる？」

「四人。多分、四人だ」

「まわりに、人は？」

「いねえ。もう勘弁してくれ」

俺は、また男のこめかみをしばらく撫で続けた。びっしりと、冷たい汗をかいている。男が眼を閉じた。そろそろ限界だろう。

もう一度、同じ質問をくり返した。同じ答えが返ってきた。俺は男の服の汚れていないところで、拳を拭い、腰をあげた。

車に戻った。

十時四十五分。あそこに着くころは、十一時を回っていることになる。とりあえず、車を飛ばした。『レナ』の看板の灯は、すでに消えていた。しばらく走ると、左側の暗い海が途切れ、松林になった。入っていける道は一本しかない。それを確かめただけで、走りすぎた。砂浜のある海水浴場のところで、車を停めた。方向転換をし、どうすればいいか、しばらく考えた。

むこうがどうなっているのか、わからない。ビーチハウスの十二号というのが、どれだかもわからないかもしれない。行ってみるしかなかった。

俺は松林の入口の道のところまで戻り、木と木の間に車の尻を突っこんで停めた。車で行くのは、来たぞと教えてやるようなものだ。

トランクから、木刀だけ出した。武器が木刀しかないというのは不安だが、ないよりはましだ。

林の中を、数十メートル進んだ。静かだ。波の音が、風に乗って聞えてくる。まったくの闇で、足もとを木刀で探るようにして歩いた。

背中に、固いものを押しつけられ、俺は足を止めた。はじめて、明瞭な人の気配が伝わってきた。どうにもならない。見張りがいたということなのか。それも、刃物ではない、固いものを持っている。猫のように、気づかれずに近づいてくることもできる。

「逆上して騒ぐなよ、坊や。おまえの知らない人間じゃない」

聞き憶(おぼ)えのある声だった。ゆっくりと、俺は躰を回した。

叶だった。

16 裸身

松林の中に引っ張りこまれ、そこで腰を降ろした。

「前の道路を行ったり来たりするわ、杖(つえ)をついて進んでくるわ、まったくなにを考えてる、おまえは」

「叶さんは、ここを摑んでたんですか？」

「摑んだのは、夕方だ。岡本まりこって女がいなくなったのを知ったのが、そもそも三時すぎだったんだから」

「きのうの夕方から、いなくなってるんですよ」

「らしいな。いまさら慌ててもはじまらん。ビーチハウスの様子を見てきてから、ここで待ってるんだ」

「なにをです？」

「人数が減るのをさ。いま、六人いる。全員泊まる気なのかと思ってたが、こっちも二人になったってわけか」

「まりこは、どうしてます？」

「わかるか、そんなことまで。ただ、連中が六人もいるってことは、死んでないってことだろう」

「男だけ、六人？」

「そう、男だけさ」

それ以上、叶はなにも言おうとしなかった。俺も、それからさきは考えないことにした。

「ひとりで、助ける気だったのか？」

「ほかに、手伝えって言えるやつはいませんからね」

「無茶だぜ」

「叶さんだって、ひとりだ」

俺は煙草をくわえ、火をつけようとした。叶にひったくられる。

「甘く見るんじゃない。やつらの中には、明らかなプロもいる。煙草一本が、命取りになりかねんぜ」

「すみません」

風が強かった。岬に入っているからだろうか。港には、それほど強い風は吹いていなかった。

「人数が減らなかったら、仕方がないからそのままやるぞ」

言葉はすべて、口から出ると風に吹き飛ばされていく。じっとうずくまっていると、躰が冷えてきた。叶は、なんでもないようだ。

「なぜ、叶さんが？」

「川中に頼まれた」

「そうなんですか」

「俺の仕事は、攫われた女を助けたりすることじゃないんだがな。まあ、頼んだやつが頼んだやつだ」

「車はどこなんです？」

「仕事の時、フェラーリは使わない。目立ちすぎるからな」

「川中さんに頼んだのは、沖田さんですか？」

「川中は、誰にも頼まれちゃいない。沖田さんも、誰にも頼みはしないだろう」

「そうなんですか」

俺は煙草の代りに、手を触れた松の葉を口にくわえた。

「喋ってても、いいですか？」

「これぐらいの声ならな」

「沖田さんは、まりこを助ける気なんかまったくない。まりこの命がどうなろうと、構わないって言うんです」

「そうだろうな」

「叶さんには、理解できるんですか？」

「人が、自分の命の最後の炎を、掌に包みこんでる。そんな時、他人の命なんてもんは、どうでもいいんじゃないのか」

「責任は、あるでしょう」

「そんなことを言えるのは、とっさの時だけだ。とっさに死の危険に直面すれば、人間ってやつは御大層なことを考えたりする時があるのさ。沖田さんは、もう半年、自分の最後の命を掌に包みこんでる」

「わからねえな、俺にゃ」

「命ってものについて、考えたことがないからさ」

「叶さんは、あるんですか？」

「人の人生に幕を引くのを、商売にしてる。つまり殺し屋だ。いやでも、命については考えるよ」

俺は、くわえた松の葉をちょっと嚙んだ。苦い味がする。それが口に拡がるのを、ほとんど快感のように感じた。

「俺は、自分が殺し屋だと、いつも人に言ってる。はじめてそれを聞いて、信用したのはおまえが最初だよ」

「信用したって、どうしてわかるんです？」

「わかるさ。なんとなくだがね」

実際、俺は叶が殺し屋であることを、疑ってはいなかった。本物の殺し屋とは、多分こんなものなのだろう。

口の中の松の葉を吐き出した。セルモーターをかける音が、風に乗って聞えてきたからだ。

「ビーチハウスは、ここから一キロほどさきだ」

叶が言った。音は、風のせいか意外な近さだった。動きはじめた車が、次第に近づいてくる。樹間に、ようやくヘッドライトの光が明滅した。

前を車が通りすぎるまで、俺も叶も地面に伏せたような恰好をしていた。

「二人乗ってたな」

テイルランプが見えなくなってから、叶が言った。乗っていた人数はおろか、車種さえも俺には見分けられなかった。

「行こうか。木刀は持ってこいよ」

叶は、なにも持っていないように見える。サファリふうのジャケットの下はセーターのようだ。

はじめから、相手は四人のつもりだった。四人を、どうやってひとりで相手にすればいいか、と思いあぐねていたのである。二人になった。それだけ、まりこを助け出せる可能性が大きくなったということだ。

「あれだ」

叶が足をとめて言った。樹間から、灯が洩れているのが見える。平屋の、せいぜい三部屋くらいしかなさそうな家だった。似たような家が、二十軒以上はあるのか。

「車の始末は、おまえがつけろ。俺は、電話線を切断しておく」

「わかった」

「暴れるとしても、それからだぞ」

叶が歩きはじめたので、俺も付いていった。闇の中でも、なんの迷いもなく歩いていく。落葉を踏む音が気になったが、多分風が消してくれているだろう。

想像できる一番厄介なことは、まりこを楯にされてしまうことだった。叶は、車と電話以外の打ち合わせをしようとしない。下手な打ち合わせは、とっさの場合の判断を狂わせる可能性がある、と俺も思った。

叶の姿勢が低くなった。俺も這うようにして進んだ。二部屋から、窓の明りが洩れている。叶は、俺が付いてきているかどうかも、気にしていないようだった。低い姿勢で、勝手に進んでいく。

俺は車に近づいていった。まず、ドアを確かめる。ロックされてはいない。乗りこむ時車内灯がつくのが気になるが、やはり内側から壊すのが無難だった。タイヤはチューブレスだろうし、排気管に泥をつめこんだところですぐに気づかれるかもしれない。電気系統を断つのが一番いいだろう。

ドアを開け、運転席に滑りこむと、すぐに室内灯の明りを切った。それから、ハンドルの下に手を突っこむ。触れたコードを、力まかせに何本も引きちぎった。

車を降り、じっとうずくまって家の中の気配を窺った。時折、低い話声が聞える。それだけだった。動きそうになる躰を、俺はなんとか抑え続けていた。

長い。待つ時間が長すぎる。時計を見たが、せいぜい五分だ。それでも長い。耐え難くなってきた。七分。家の中の様子を確かめる方法など、あるはずはない。入ってみるしかなかった。どちらが先に踏みこむかも、叶とは話していない。

八分は待てなかった。ドアより、海にむかった窓に狙（ねら）いをつけた。腰の高さぐらいか。ガラスが一枚。そこだけは、雨戸も開けられている。

走った。もう止まらなかった。木刀でガラスを叩き割り、カーテンを引きちぎるようにして、家の中に飛びこんだ。男。二メートルと離れていない。木刀を打ちつけた。ウイスキーの瓶が飛んできて、壁で破裂した。奥の部屋。襖（ふすま）を押し倒す。白い躰。横たわっていた。背後から飛びかかってきた男の腹を、木刀で突いた。まりこに駈け寄る。眼。俺を見て光っていた。担ぎあげた。額から血を流した男が、椅子を振りあげた。そのまま、仰むけに倒れていく。後ろに、叶が立っていた。

俺は、まりこの躰を担いだまま、玄関から飛び出した。闇の中を、走った。背後で、人の絡み合う気配がある。それだけだった。追ってくる気配は消えたが、俺は走り続けた。闇に眼が馴れている。松の木の一本一本が、かすかだが見てとれた。息があがってきた。思うほど速く走っていないのではないか。しかし、背後から追ってくる気配はない。

舗装路に出た。俺の車。助手席にまりこの躰を押しこみ、運転席に回ってエンジンをかけた。松林の中から道路に出す。そこで停めて、俺は三度大きく息をした。それでも呼吸は乱れたままだ。

いきなり、パッシングを受けた。叶の車のようだ。急発進させ、街へむかって突っ走る。やはり、追ってくる車はいない。後ろから付いてくるのは一台だけだ。

汗が、耳のそばから顎に流れ落ちてきた。窓を開けようとして、俺ははじめてまりこが裸であることに気づいた。

なにも言わなかった。考えもしなかった。ただスピードをあげた。時々、後ろをバックミラーで確かめたが、同じ距離で付いてくる。コーナーをうまくかわすことだけに、俺は集中した。

いつの間にか、汗はひいていた。呼吸ももとに戻っている。

「ありがとう、敬ちゃん」

まりこの声がふるえているのは、多分寒さのせいだ。俺は一度車を停め、革ジャンパーを脱いでまりこに着せかけた。すぐに車を出す。

「相変らず、やさしいんだ、敬ちゃんは」

冗談でも言っているような口調だった。俺は、前方に見えてきた港の灯に眼をやっていた。叶の車は、しっかりと後ろから付いてきている。

沖田は、おまえを助けるための、どんな行動もとろうとしなかった。おまえの命など、どうでもいいものだと言った。口から出かかった言葉を、俺は何度も呑みこんだ。

「つまんないものね、男って」

「そうかい」

「敬ちゃんのことじゃないわ」

「できたら、忘れちまえよ」

「できたらね」

車が多くなった。人通りも、まだ途絶えてはいない。煙草をくわえようとし、俺はそれが革ジャンパーのポケットにあることに気づいた。

「煙草、出してくれないか。ジャンパーのポケットに、ライターと一緒に入ってる」

まりこが、煙草をくわえてジッポで火をつけ、俺の唇に挟みこんできた。まりこと一緒に暮している時、俺は煙草を喫(す)っていなかった。だから、こんなこともはじめてだ。

「なんであたしを助けたの、敬ちゃん。あいつら、刃物だって持ってたのに」

「男じゃなくなると思った」

「そう」

「愛してるから、と言わせたいのか」

「一緒に暮してた時、あたしを愛してた？」

「わからねえな。愛してたような気はする」

「あたしも、なんとなく、そういう気はするわ」

かすかに、まりこは笑ったようだった。

「傷つけ合った若い二人ってことになるのかしら、あたしたち」

「傷つけ合ったって言葉が、気に入らねえな」

俺だけが傷ついた、と思っているわけではなかった。もともと、傷などつくような関係ではなかったのかもしれない。

助け出したまりこが、泣き喚(わめ)いていたら、俺はどうしただろうか。ちょっと考えてみたが、なぜか泣いているまりこが想像できなかった。

いつの間にか、叶の車はいなくなっていた。

「桜内さんのとこへ行くぜ」

まりこは黙っている。それでいいと言っているのだろう、と俺は解釈した。

17　意味

眼醒めた時、まりこはいなくなっていた。

桜内が、まりこを診察したのかどうかも、わからない。俺はすぐ部屋に入ってシュラフに潜りこみ、シャワーを使っている音だけを聞いた。

「行っちまったみたいだな」

俺の顔を見て、桜内はそれだけ言った。

俺は湯を沸かし、冷蔵庫から卵を四つ出して焼いた。トーストと目玉焼とコーヒーの、簡単な朝食だった。

「叶が一緒だったらしいな」

まりこのことは、なにも言おうとしない。俺も、診察したのかどうかは訊かなかった。

「プロですね、あの人」

「銃は使ったのか？」

「いや」

俺が動くのを、叶は待っていた。俺の動きに合わせて、自分の動きを決めたに違いない。椅子を振りあげた男が、仰むけに倒れていき、その後ろに叶が立っていた姿を、鮮やかに思い浮かべることができる。あれは、細紐（ほそひも）かなにかを使ったのだろうか。ひとりで飛びこんでいれば、とてもまりこを連れ出すことはできなかっただろう。

「叶は、銃を使わせたら、そりゃすごいもんさ。三百メートルからでも、コインを撃ち抜くね」

「人生の幕を降ろすのが仕事だ、と言ってましたよ」

「哲学さ、やつの。人には、生が終る時がある。その幕を引いてやるのが、殺し屋の仕事さ。終る時が来ていれば、自然にそうなってしまう。誰かが、やつに仕事を依頼したりしてしまうってわけだ」

「叶さんが言うと、言い訳みたいには聞えないかもしれないな」

「やつの趣味を知ってるか。水槽で金魚を飼うんだ。仕事から戻ると、じっとそれを眺めてる」

簡単に食事は済んだ。

後片付けも、居候の仕事だった。まりこと暮すようになってから、俺はなにもしなくなったが、それまでは身綺麗（みぎれい）なひとり暮しをしていたものだ。部屋は毎日掃除をし、食器はきれいに洗い、ワイシャツの襟にはいつも糊（のり）を利かしていた。

性格としか言えないものだった。その性格が、時々崩れた。そしてまた、本来の性格だったものに戻っていく。大学に入るために東京に出てきてから、ずっとそのくり返しだ。崩れてしまうのも、性格の一部と言っていいのかもしれない。

「行くのか？」

食器を洗い終えた俺に、桜内が言った。

沖田に会って、なにか言おうと思っているわけではなかった。ただ、沖田を見ていたいという気が、どこかにある。自分を納得させられるのは、ずっと先のことだろう。

いつものように、車で走った。速くも遅くもなかった。ホテル・キーラーゴの前を通りすぎ、ヨットハーバー跡に乗り入れ、いつもの岸壁に車を停めた。

黒鯛を狙う。それも同じだった。錘は軽くし、浮きも敏感なやつに替えてある。それでも、一時間経っても当たりは来なかった。

沖田は、とぼとぼと建物を何周かすると、また中へ入っていった。俺に声をかけようとはしなかったし、俺も近づいては行かなかった。

十時から、作業をはじめた。

いたんだ岸壁の修理という、大仕事を俺は見つけていた。長い年月で、コンクリートの亀裂が大きくなっている。まずそこを修理する。丹念に、セメントで埋めていくのだ。亀裂はいくつもあり、三日や四日で終る仕事とは思えなかった。

昼食にしようと思ったころ、建物から山根知子が出てきた。

「まりこ、桜内が診察したのかしら？」

「当人に訊いてみろよ」

ここでまだまりこを見ていなかったが、当然帰ってきているものと、なぜか俺は決めていた。

「当人は、いたって元気よ」

「ここに、真直ぐ連れてこようって気にはならなかったんだ」

「桜内が診察したのね、やっぱり」

「気になるのかい？」

「なにが？」

「なんとなくさ。まりこだって、魅力のない女じゃない」

「桜内の診察は、多分、顔を見ただけよ。およその想像はつくわ。顔を見て、シャワーでも使えって言ったところかしら」

それほどはずれてはいないだろう、と俺も思った。念のために、抗生物質くらいは渡したかもしれない。まりこは、それを服用せずに捨ててしまう。そういうことも、見当がついた。

「いままで、意地を張る男しか見てこなかった。意地のために、自分を捨てたり、命をかけたりする男をね。桜内もそうだったわ。その前に惚れた男もね」

「もうひとり、意地を張ってる男がいるじゃないか」

「沖田先生は、意地を張ってるんじゃないって気がするわ」

俺は岸壁に腰を降ろして、パンを食いはじめていた。いつものように、牛乳は一リットル買ってきてある。二晩まりこがいなかったというだけで、なにも変ってはいなかった。

「なぜ、ここに、と訊いちゃいけないのかな？」

「別にいいわ。大した理由はないんだから。桜内と一年ばかり暮してて、退屈してきたっていうところかしら」

「ここは面白いのか？」

「面白くはないわ」

「患者も来ない病院で、なにをやってんだ。それこそ退屈じゃないのか？」

「不思議にね、退屈じゃないの。はじめは、沖田先生のことを、なんて人だろうと思ったわよ。そのうち、あの徹底しているところが、妙に気になりはじめたの。徹底のしすぎよ。下村さんだって、そう思うでしょう」

「わからないな」

買ってきたのは、ミックスサンドと卵サンドだった。食うかと言うと、山根知子は卵の方をひとつ取った。

天気が崩れる兆候なのか、海が荒れはじめている。防波堤の内側の岸壁にも、音をたてて波が打ち寄せていた。

「あたしの前の男は、意地を張って死にに行ったわ。あたしには理解できないような意地だったけど、いいと思った。見ていて、躰がきゅんとするほど、痺れたわ。桜内も、同じようなことをやった。意味もなく、死ぬかもしれないというようなことをね」

「桜内さんには、意味があることだったのかもしれない」

「そうよ、男はいつだって、女にはわからない意味を持ってるじゃない」

「だから惚れ合うんだって気もするけどね」

「下村さんも、意地を張ってるわよね。沖田先生に」

「ちょっと違うような気もする」

「自分で、気がついてないだけよ」

俺は、残ったサンドイッチを全部胃に押しこんだ。桜内と山根知子が、ほんとうはどうなっているのか、やはりわからない。

「つまらないことを訊くけど、沖田さんとは関係したのかい？」

「ほんとに、つまんないことね。昨夜、あたしを抱きにきたわ。あたしも、抱かれてもいいと思った。結局、なにもできずじまいだったけど」

「セックスなんて、どうでもいいもんだってことか」

「時によってはそうなるし、時によっては大事でしょう」

「いまの、沖田さんには？」

「難しい質問だわ。自分で観察してみることね」

俺は煙草をくわえた。やはり天気は悪くなっていくらしい。さっきまでわずかだがさしていた陽も、もう雲に遮(さえぎ)られた。

車が一台やってきた。いままでとは違う、高級車だ。運転手らしい男が、ドアを開けている。降りてきたのは、中年の男だった。

「いいのか、行かなくて」

「まだ、お昼休みだもの」

時計を見て、山根知子が言う。運転手は、車に戻ると方向転換をし、神経質なくらいぴったりと、玄関の段のところにつけた。

「桜内さんも大崎先生も、毎日出勤してきてなにをやってるんだ。外科だの内科だのと札を出してたって、患者なんか来ないじゃないか」

「それぞれに、沖田先生が出した研究テーマがあるの。二人とも、それが意味があることだと認めたから、やってるんだと思うわ。医学の世界って、これだけ研究されながら、行きつくところへ行きついたってわけじゃないでしょう」

「わからねえや、俺は」

「桜内も、はじめはその研究が面白そうだった。しばらくやって、諦めた感じはあるけれどね。メスを握る職人になっちまってるって、自分で言ってたわ。メスの扱いにかけては、天才と言ってもいい人だけど」

「沖田先生の腕は？」

「悪くはない、という程度ね」

俺は、煙草を海に弾き飛ばした。海をきれいにしなければならない。そんな道徳めいたものはなかった。これが山なら、吸殻は全部持ち帰るだろう。人が煙草を捨てても、文句を言うかもしれない。俺の道徳心がその程度なのか、人間の道徳心がその程度なのか。

一時五分前に、山根知子は建物に戻っていった。

沖田診療所は、家という感じがしない。病棟という感じもなく、街の病院のようでもない。ただの建物、としか俺には感じられないのだった。

高級車のバックシートの男は、いままでの客と同じように、やはり沖田と根較べをするつもりらしい。二時になって、桜内がやってきても、まだ帰っていなかった。

三時まで、俺は岸壁の作業を続けた。

それから釣りをはじめた。簡単に終るような作業ではないので、逆に急ぐ気にもならない。

高級車が帰っていた。国産だが、特別仕様だろう。

気づくと、沖田が後ろに立っていた。

「きのう、ひどい怪我人が出たそうだよ。港の倉庫に倒れていたひとりは重体、ビーチハウスにいた四人も、それぞれ重傷を負っている」

「だから？」

「勝手な真似はしないでくれ」

「この敷地の中じゃ、なにもやってない。外でまで、あんたにつべこべ言われることはないだろう」

沖田の眼が、俺を見ていた。気を呑まれそうになったが、なんとか踏みとどまった。凄味で圧倒してくる眼ではない。逆に吸い寄せられるような気がするほどだ。悲しみに満ちている、と思えないこともない。女は、この眼に惹きつけられていくのだろうか。

「そうだね。敷地の外のことだった」

桜内が白衣を着て出てきた。

「下村、診察室へ来い。おまえの傷の、糸を抜くのを忘れてた」

大声で、桜内が言う。俺は手を振った。

「自分で引っこ抜いちまいましたよ。突っ張ったみたいで、気持が悪かったから」

もう四日も前のことだ。プップッと血の玉が吹き出してきただけで、それもすぐに止まった。暴れても傷口が開かなかったところを見ると、きれいに塞がってしまったのだ。

なんて男だ、と桜内が舌打ちをしているのが聞えた。俺はテグスを巻きあげ、新しい餌をつけて竿を振った。狙ったところに、餌は水音をたてて落ちた。

18　夜景

川中は、まだドライ・マティニーを飲み終えてはいなかった。

俺がカウンターのスツールに腰を降ろすと、坂井がターキーのオン・ザ・ロックを出してきた。ロックスと言うのを、二杯目では忘れないようにしよう、と俺は思った。

「活躍したらしいな」

川中が言った。俺は、坂井がドライ・マティニーをシェイクするのを、はじめて見た。ドライ・マティニーをシェイクしてはならないなどと、坂井の手際を見ていると言えなくなる。

「港で半殺しに遭ったのがひとりいた。それは俺の計算外だったよ」

「死んじまう寸前で、ちゃんとやめましたよ」

「怕いってことを、あまり知らんようだな。何年か前の、坂井とそっくりだ」

「俺は、こんなふうに屈折しちゃいませんでしたよ」

グラスを磨きながら、坂井が言った。店の中で聞えるのは、キュッキュッという麻の布の音だけだ。

「新しい展開なんだがね、どうも沖田さんが買収を申し込んだらしい」

あの土地を手放すのか、と一瞬俺は思った。

「買収って？」

「つまり、隣りの土地も買おうってわけさ。それも、相手が手に入れた額の三分の一でな。それぐらいなら払えるので、病院の庭にしたいと言ったそうだよ」

「そういうことですか」

「兄貴の方が、蒲生の爺さんが死んで七日目に、もう売っ払っちまってたからな。相手は、残りの半分もすぐ手に入ると思うさ。ところがこの状態だ。三分の一で買い戻しを申しこまれたような気分になっただろうな」

「詐欺みたいなもんですね、そりゃ」

「沖田兄弟が組んでればな。折り合いは悪い。蒲生の爺さんも、兄貴の方とは昔からあまり付き合いはなかったらしい。詳しいことを、俺は知らんが」

ドライ・マティニーを、川中はひと息で飲み干した。

「でも、なんとなく現実味を帯びてきた感じがするな、あの人の存在が。いままで、そんな話はありませんでしたから」

「つまり、いままでまったく現実味がなかったってことか」

「まあね」

「それで、女を奪られても、半殺しにする気にはならなかったんだ。岡本まりこを攫った連中は、逆に現実そのものに感じたんだろう」

「そんなこと、ないですよ」

「自分で、気づいてないだけさ」

俺はターキーを飲み干し、お代りと言わずオン・ザ・ロックスと言った。坂井は新しいロックグラスを出し、氷のかけらを三つ入れた。

「この街で、仕事をする気はないか、下村？」

「いやな街でしたよ」

「いまは？」

「よくわかりません」

「いつまでも、沖田診療所の敷地の手入れをしてるわけにはいくまい。資産家の坊ちゃんってわけでもなさそうだしな」

「学生の時は、親に十万ずつ送って貰いました。代りに、俺は長野の温泉旅館の相続を放棄したんですよ。姉が継ぐことになってます。旦那は料理人ですしね」

「客商売の家で育ったのか、やっぱり」

「そう見えましたか？」

「なんとなくな」

俺は煙草に火をつけた。このところ、坂井は俺の煙草に火を出そうとはしない。

「この店に、勤めてみる気はないか?」

「ここですか」

「坂井は、フロアマネージャーをやろうとしない。前は、ちゃんとしたフロアマネージャーがいたんだがな」

「死んだんですね、その人」

「自分からな。自分から死んでいったようなもんだった」

川中が煙草をくわえると、坂井は素速く火を出した。

「沖田さんが現実とは思えない、とおまえは言ったが、あれほど強烈な現実はないと思ってる人間が、この街には何人もいる。俺も、そのひとりさ」

「死そのものが、ヨットハーバー跡にいる、という感じなんですね」

「はっきり、そう言ってしまう人間はいないがね」

「俺は、自分が死ぬことを、あまり深く考えたことはないです。死そのものは魅惑的なんだ。無意識に、」

「だから、女が離れていくのさ。人間にとって、死そのものは魅惑的なんだ。無意識に、死に酔いたい願望がある。自殺未遂の常習者も、多分そうなんだろう。しかし、普通の人間は、現実の死とは戯れない。自分自身の、現実の死とはな」

「他人が抱えた現実の死とは、戯れてしまう。それどころか惹きつけられてしまう、ということですか？」

「違うだろうか」

「現実の死は、いくらでもあるでしょう。癌病棟(がんびょうとう)にでも行けばいいんだ」

「病院というものに足を踏み入れた瞬間、死は現実でなく、単なる事実になる」

「わかりませんよ、難しすぎて。努力してわかろうとも思いませんが」

「いやでもそのうちわかっちまうことを、努力して早くわかることもないさ」

俺の方を見て、川中が笑った。人を惹きつける、少年のような笑顔だが、やはり俺はその底に深く暗いものを感じた。

「今後、展開は変るでしょうね」

「変るね。変えようという気で、沖田さんは相手に買収を申し込んだのかもしれんよ」

「沖田さんを、消すって手もないわけじゃないな」

「無駄さ。そういう手はすべて打って、この街に戻ってきたんだ」

「なるほどね」

「それより下村、さっきの話は考えておけ」

「俺は、しばらく腰を据(す)えられないんじゃないかって気がします。流れ歩くんじゃないかってね。ちょっと気障(きざ)ですが」

「この街そのものが、流れてるようなもんだ。おまえは、そんな状態のこの街を、そのうち好きになっちまうさ」

川中が腰をあげた。

俺は、少し薄くなったオン・ザ・ロックスを口に含んだ。ロックとロックスの違いは、氷が早く溶けることにあるのかもしれない、とふと思った。坂井は、相変らず麻の布を使っている。

三杯目は、オン・ザ・ロックにした。でかい氷がひとつ。それを、グラスの中でちょっと鳴らしてみる。

女の子たちは、出勤してきていた。裏口から入るのか、奥で嬌声が聞えるだけだ。客が入ってきた。俺が客として扱われていないとしたら、口開けというやつだ。山裾の工場の幹部かなにかだろう。女の子が、奥から三人だけ出てきて席についた。客の人数に見合った女の子しか、店には出さないような方針らしい。

三杯目を飲み終えた時、奥から沢村明敏が出てきて、カウンターに腰を降ろした。香水の匂いにでも辟易したのかもしれない。俺が軽く頭を下げると、グラスを翳して笑い返してくる。ソルティ・ドッグ。坂井の早業だった。

「私の曲を、気に入ってくれてるようだね」

「日によって、まるで違うように聴えるんで、びっくりしました」

「つまりは、完成してないってことかもしれないね。これぞという弾き方が、どうしても見つからない」

「違っちゃいけないんですか？」

「違うように弾いて、違ってる。当たり前のことなんだ。同じように弾いても、違う。そうならなければ、聴えてこないね」

「なにが、聴えてくるんですか？」

「泣き声、かな」

誰の、と出かかった言葉を、俺は呑みこんだ。沢村明敏は、空になったソルティ・ドッグのグラスに、ぼんやりと眼を落としている。また五人ほどの客が入ってきて、店の中は賑(にぎ)やかになった。

一杯奢(おご)っていいか、と俺は言い出せないでいた。沢村に奢るためには、資格が必要なのだ、という気がしてくる。

「ピアニスト」

誰かが呼んだ。沢村は、ゆっくりと腰をあげ、ピアノの方へ歩いていった。よく見ると、アップライトの凝ったピアノだ。リクエストされたのは、歌謡曲だった。沢村は、ちょっと頭を下げて、軽やかに弾きはじめた。

「沢村さんが、リクエストに応(こた)えるというのは、実はめずらしいことでね」

「いつもは、弾きたい時に弾きたい曲を弾くだけか」

グラスを磨きながら、坂井が頷いた。

俺は三杯で切りあげて腰をあげた。

ジャンパーのポケットに手を突っこんで、しばらく街の中を歩いた。人通りは多い。喧噪の中で、俺は自分の泣き声を聞こうと耳を傾けた。なにも、聞えてはこない。もともと、泣き声などないに違いないのだ。

名前を呼ばれて、足を止めた。ブルーのシトロエンＣＸパラスから、宇野が顔を出していた。

「一杯奢ろう。昼めしを奢り損ったのを思い出した」

「いま、『ブラディ・ドール』から出てきたところでしてね」

「あそこだけが、酒場だと思ってるのか」

俺はちょっと肩を竦め、シトロエンの助手席に乗りこんだ。

「女と別れたばかり、という恰好で歩いてたぜ」

「泣き声を聞こうとしてたんです」

「なるほど」

どういう意味かとも、誰の泣き声なのかとも、宇野は訊かなかった。シトロエンが静かに発進した。宇野は、いつもよりどこか元気そうに見えた。

「躰から、余分なものを抜いてきたところでね」

「人工透析ですか」

「頭がクリアなんだ。こんな明晰でいいんだろうか、と思うほどだな」

着いたのは、シティホテルだった。いつもそうするのか、ドアマンにキーを渡して、宇野は最上階のバーへ俺を連れていった。

「工事は進んでるのか、岸壁の？」

「まああってとこですかね」

俺はオン・ザ・ロックを頼んだ。氷のかけらが四つも入ったものが出てきた。

「これからは、ゆっくり工事なんてできなくなるかもな」

「沖田さんが、逆に買収を申し込んだって話、聞きましたよ」

「なにを考えて言ったにせよ、連中を刺激しすぎたな。おまえと叶がやったこともあるし。もっとも、あれは仕方がないか」

宇野はジャック・ダニエルのストレートを註文したが、あまり口をつけようとはしなかった。

夜景の見えるバーだが、それほど外が明るくないので、むしろガラスに映った自分の顔の方がよく見えた。この街へ来て、俺はまた革ジャンパーからもはみ出しそうになっている。映った自分の姿は、確かにそうだった。

これ以上はみ出して、なにを着ればいいのか。背広からは、パリにいる時にはみ出した。これなら合うだろうと思った革ジャンパーからも、またはみ出しかかっている。

「沖田さんに力を貸した、ただひとりの人間が、宇野さんでしょう?」

「ただひとりの人間かどうかは別として、沖田さんは俺の存在を許した。俺が、普通の人間ほど健康ではない、というのがその理由だったよ」

「医者のくせに、健康な人間を憎んでる」

「自分の感情を、表面に出しているだけさ。その点では、俺と非常によく似ている」

「宇野さんも、健康な人間を憎んでますか?」

「どう思う?」

「わかりませんよ」

「俺もさ」

宇野が、ちょっとだけウイスキーを口に含んだ。

「もうひとつ、訊いていいですか?」

オン・ザ・ロック、と俺は二杯目を頼んだ。やはり、氷はいくつか入っている。仕方なく、俺はグラスを振って氷をカチカチと鳴らした。

「病院、できるんですか?」

「できるよ」

「沖田さんの手で？」

宇野の答えはなかった。パイプに火を入れ、濃い煙を吐きはじめただけだ。

このバーにも、ピアニストが入っていた。

白いグランドピアノだが、腕の方は素人に毛の生えた程度としか思えなかった。通俗的な映画音楽を弾いている。宇野のパイプに対抗するために煙草を喫うのを俺は諦め、窓に映った自分の姿と、そのむこうに拡がる夜景に眼をやった。

19 魚

魚がひっかかったのは、十日の夕方だった。

浮きに、あるかなきかの当たりがあった。小魚が餌を突っついたとしか思えなかったが、俺は竿を立てたのだ。当たりに合わせたというのではなく、もっと別のところを狙ってみるために、巻きあげようと思っただけのことだった。

引きは強烈だった。竿全体がぐっと曲がって、竿のさきは海水の中に引きこまれそうな感じだった。俺は少しテグスを繰り出した。そうしなければ、とても竿は保たないと思えたのだ。魚は、右に左に動くというより、外海にむかってどんどん後退していこうとしているようだった。テグスを、少しだけ巻いてみる。竿がきしんだ。もともと、鯵などを釣る竿だ。

俺は立ちあがった。テグスを繰り出したり巻きあげたりしながら、竿が一定の状態以上に曲がらないようにものびないようにもした。魚の力は、同じではなく、むこうも踏ん張ったり休んだりしているのがわかる。

力を入れるというより、神経を張りつめていなければならなかった。竿が折れるかテグスが切れるかして、魚を逃がすなどということはしたくない。

十分ほど、そうやって魚とやり取りをした。ようやく、竿を持った右腕に疲れを感じはじめた。それでも、その気になれば、二時間でも三時間でも大丈夫だと思った。一日でも、こうやっていられるかもしれない。怕いのは、張りつめた神経が緩み、その時に魚が意外な力を出すか、これまでと違う動きをすることだった。

魚が、横に動きはじめた。それに合わせて、俺は岸壁を歩いた。横に動いては、止まる。やつも考えているのだ、と俺は思った。

二十分経った。テグスを繰り出すより、巻きあげることの方が多くなった。近づいてきている。いやいやながらでも、やつは近づかなければならないほど疲れはじめている。ここで落ち着くことだ。急ぎすぎて無理をすれば、元も子もなくなる。

ひとつ、まずいことに気がついた。やつをすぐそばまで引き寄せたとしても、掬いあげるための網がない。ということは、水面を出てから岸壁まで、テグス一本で上げなければならないということだ。

暴れて尾でテグスを切らないように、魚を疲れるだけ疲れさせておかなければならなかった。俺はまた、魚の動きに少し遅れるようにして、岸壁を歩いた。

桜内が魚と格闘している俺に気づいて、建物から出てきた。山根知子とまりこも、一緒に出てきた。彼らが出てきたからと言って、派手にやるわけにはいかなかった。相変らず、俺はテグスを緩めたり巻きあげたり、岸壁を魚の動きに合わせて歩いたりした。

「黒鯛か？」

桜内が海水の中を覗きこむ。わかるわけがなかった。ただ、鯵などよりずっと大きいことは確かだ。

「慌てちゃ駄目よ」

山根知子が言う。慌ててなどはいなかった。余計なお世話だと、言葉を返す気も起きない。彼らが出てきて十分ほどして、ようやく魚を岸壁のそばまで引き寄せた。あとは、一瞬の気合しかないような気がした。やつは疲れきって、岸壁のそばまで引き寄せられたと、まだ気づいてないかもしれないのだ。

俺は岸壁の縁に立って、竿を垂直に立て、ピンと張ったテグスを摑むと素速く一度手に巻きつけて、勢いよく上に引いた。黒い塊が宙を飛んだ。岸壁のコンクリートの上で、魚が跳ねていた。

「すごいな、こいつ。五十センチ以上はあるぜ」

針をはずしている俺の手もとを覗きこんで、桜内が感心したように声をあげた。

「庖丁、ありませんかね。出刃みたいなやつ」

「ここで捌くのか？」

魚など、捌けるわけがなかった。

「頭だけ持って帰って、甘辛く煮て食いましょうよ」

「そういうことか。任せとけよ」

桜内が建物に駈け戻っていく。黒鯛は、思い出したように、クーラーボックスの中で跳ねた。

桜内が持ってきたのは、メスだった。頭のあたりを棒で叩いて気絶させ、素速くメスを入れる。切れ味はいいようだ。骨の部分もすぐに切れて、頭と胴が離れた。

「残りは頂戴。沖田先生、白身の魚だと召しあがるかもしれないし」

沖田は、食欲をひどくなくしているのだろうか。口ぶりから、料理を担当しているのは山根知子らしいと俺は思った。

「この細い竿で、よくあがったもんだよ」

黒鯛の頭だけ摑んで、桜内が言った。俺は、使われたメスが人の躰を切り刻んだものなのかどうか、気にしていた。

山根知子が、尻尾を持って、桜内に腹を裂けと指示した。知子の指の動きをなぞるように、桜内がメスを動かす。まだ動いている内臓がはみ出してきた。知子の手が、鯛の腹の中に差しこまれ、内臓を搔き出した。

「三枚に下ろしてお刺身にするけど、下村さんも食べていかない？」

「いいね」

言ったのは、桜内だった。桜内と山根知子が、どういう状態になっているのか、俺には判断できなかった。

すでに、陽が落ちて薄暗くなっていた。今日も、客はやってきていたが、それほど長居をせずに帰った。諦めたという感じではないが、攻めあぐねているという様子は見てとれた。

釣竿を収い、岸壁に散らばった内臓を海に捨てて、海水を汲みあげて岸壁の血を洗い流した。大した血ではないが、俺は桜内や山根知子のように、無頓着にはなれなかった。

それから丁寧に手を洗った。

玄関の待合室と、沖田の診察室以外は、入ったことがなかった。奥の部屋には大した家具もなく、ダイニングテーブルと、病院用のベッドが同じ部屋に置いてあった。

「見てたよ、ずいぶん時間をかけるもんだね」

ダイニングテーブルに着き、沖田が言った。白衣を脱ぎ、カーディガンだけの姿だった。

部屋にあるものといえば、ほかには耐火金庫と巨大な冷蔵庫だけだった。開けられた時に覗くと、冷蔵庫の中は食物や飲物より医薬品の方が多いように見えた。二枚ドアで、まりこの背丈より高い。

「黒鯛っての、ものすごく神経質な魚なんだって、よくわかりましたよ」

「あれを強引に上げていたら、どうなったんだね？」

「まず、竿が折れるか、テグスが切れるかだったでしょうね」

「釣りというのも、本気でやろうとすれば難しそうだ」

沖田の前にまりこが置いたのは、ビールでも刺身でもなく、注射器とアンプルとアルコール綿だった。カーディガンから片腕だけを抜き、まくりあげた腕に、沖田は無造作に片手で注射した。なんの薬なのか、俺にはわからなかった。

メスで切った刺身。新しいせいか、味は悪くないと俺は思った。桜内も山根知子もまりこも、黙々と箸を使っている。ようやく、沖田が自分の分に手をのばした。

儀式にも似た食事だった。ウイスキーを呷って声高に喋っているのは桜内だけで、山根知子もまりこも、無表情で慎しやかだった。沖田は、刺身を三切れ口に入れただけだ。

皿の三分の二以上は、俺と桜内が平らげていた。

「まるで、新興宗教の集まりって感じじゃないですか。沖田さんが教祖で、山根さんとまりこが信者で」

帰りの車の中で言った。酔っ払った桜内も、俺の車に乗せていくことにしたのだ。

「当たらずといえども、遠からずだな。沖田さんの中には、人間の心の中の宗教心を呼び起こすようなものが、確かにある」

「医者でしょう、あの人」

「手に負えないものにむかい合った時、医者は医者でなくなる。特に、あの人は自分の中に抱えこんだものと、むかい合わなくちゃならんのだからな」

ひどく酔ったように見えた桜内は、ほんとうはほとんど酔っていないようだった。

「沖田さんを前にして飲むと、悪酔いをするんだな、必ず」

「酔ってるように見えませんよ」

「酔ったふりをする。ほんとうの酔いは、深いところに潜んじまってる。だから悪酔いなのさ」

「あの注射」

「痛み止めさ。世間じゃ、麻薬と呼ばれてる種類のもんだ。医者が使えば、大した問題はないがね」

「そんなに、痛いのかな」

「激烈だろう。癌細胞が神経を侵(おか)してくれれば、普通の人間はのたうち回ってるよ」

「薬を打つしかない？」

「病院に入って、神経ブロックでもやるしかないな。しかし、あの人は痛みを抱えていたいんだ。唯一生きていると自覚できるのが、痛みによってなのさ」

「厄介なもんだ、人間の躰ってのは」

「それより、心さ。心の方が、躰よりずっと厄介だ」

街へ戻り、桜内を部屋に放りこむと、俺は車に戻ってしばらく時間を潰した。時計を見て、車を出す。同じ道を引き返した。

ヨットハーバー跡が見えてくる。いつまで経っても、俺にはそこが沖田診療所というふうには見えなかった。見たことのない、ヨットハーバーの跡地と思ってしまうのだ。

ヘッドライト。一瞬、ハイビームにする。まりこは、道路のところまで出てきていた。

帰り際に、時間と場所を書きこんだメモを手渡してあったのだ。

百メートルほど通りすぎ、俺は歩いてまりこのところまで行った。

「魚を釣ったら、頼もうと思っていた。毎日毎日、一尾も釣れない日が続いたよ」

「帰れないわ、まだ」

まりこは、セーターの上に革のジャケットを着ていた。連中にひどい目に遭わされた、という気はあまりないらしい。

「好きなようにするさ。これからも、おまえに帰ってくれと、俺から頼むことはないような気がする」

「そうなの」

「俺は、沖田って人に、つまりは関心を持っちまったんだと思う。はじめは、沖田が俺を納得させられる男かどうかってことを、問題にしてたよ。あの男との勝負みたいなもんだと思った。ところが、同じリングに立ってる男じゃなかった。あの男は、自分だけのリングに立って、自分だけの敵と闘ってる」

「どちらにしたところで、あたしという女は敬ちゃんの中にはいないのね」

「いて欲しいのか？」

「自分がやったことを考えれば、あたしから言い出せることじゃないけど」

「つまんねえ女になったな。俺には、おまえがつまんねえ女に見えはじめてきたよ。自分でやったことを、後で後悔するくらいなら、はじめからやるなよ」

「後悔はしてないわ。ただ、敬ちゃんを傷つけたのは、悪かったと思ってる」

「俺もいろいろと考えてみた。思いこんでたほど傷ついちゃいないんで、びっくりしたよ。傷ついたのは、自尊心ってやつだけだった」

「なら、いいわ」

「沖田と、同じリングに立ちたい。やつを俺の方へ引っ張ってくるのは無理さ。だから、俺がやつのリングへ行く」

「沖田さんは、自分だけの敵と闘ってるって、敬ちゃん、言ったばかりじゃない」

「いろんなやつを巻きこみながらな。俺だって、巻きこまれてると言っていい」

「だから？」

まりこが、ジャケットの襟を立てた。崩れそうで崩れない天気が、二日ばかり続いている。それほど寒くはなかった。

ジャケットの襟を立てた姿には、ショートヘアがよく似合った。それを言いかけて、俺は言葉を呑みこみ、煙草を出した。ジッポの音が、闇の中で大きく聞えた。

「沖田は、助けてくれと叫ぶべきだと思う。痛いと喚くべきだと思う。これだけ、周りの人間を巻きこんでるんだからな」

「正直言って、あたしはそれをずっと待ってるわ。山根さんも、そうだと思う。自分で開業している、桜内先生や大崎先生が、嘱託医を引き受けて、毎日通ってくるのだってね」

「沖田が、叫び声をあげたら？」

「人間になると思うわ。そして、とっても楽になる」

「俺が、叫び声をあげさせてやる」

「どうやって？」

「金庫の中さ。耐火金庫があったろう」

まりこが頷いた。俺は煙草を捨て、路面の赤い点を靴で踏んだ。

まりこがジャケットのポケットから手を出して、指に息を吐きかけた。指さきが凍えるほど寒くはない。心の方が、寒がっているのかもしれない。

「明日、あの中の土地の権利証を、俺の車に放りこんでおいてくれ」

「どうするの？」

「そこまで、おまえが知る必要はない。沖田を支えているのは、そこの土地だ。それをはずした時、沖田はほんとうにひとりきりになる。土地にしがみついて自分を支えていたということを、沖田はまずわかる必要があるんだ」

「言ってる意味、わかるような気もする」

「わかるだけじゃなく、誰かがそれをやる必要があるんだ」

「なぜ、敬ちゃんが？」

「その権利証を手にすることによって、俺は沖田と同じリングに登れる。ただの権利証じゃないんだ。自分の命ってやつを賭けないと、持っていられない権利証さ」

闇の中で、まりこの眼が白く光っていた。俺は軽くまりこの肩に手を置いた。

「人間にしてやれよ、沖田を」

まだ、まりこの眼は俺を見続けていた。俺も眼をそらさなかった。

海沿いの道には、まだ車は多かった。時々、ヘッドライトが俺たちを薙いでいった。若い恋人同士としか見えないだろう、と俺は思った。

20 霧雨

霧のような雨だった。

その雨をついて、隣りの敷地で造成の工事がはじまった。作業員は十人ほどで、ブルドーザーとパワーシャベルが一台ずつ動いていた。

俺も、雨をついて岸壁の工事をした。亀裂(きれつ)にセメントを流しこむだけの、簡単な工事だ。

岸壁は隣りの敷地の方までずっと続いていて、百メートル近い長さがありそうだった。

黒塗りの国産の高級車で、客が二人やってきた。ひとりは、背広の胸に向日葵(ひまわり)のバッジをつけている。宇野と同じ職業というわけだ。

どういう話になっているのかは、まったくわからない。ただ、はじめに土地を所有していた東京の観光会社は手を引き、別のところが肩代りしたという話は、桜内から聞いていた。

二時間ほどで、二人の客は帰っていった。あまり、暴力に訴えたりするところではないらしい。なにしろ、弁護士を連れてやってきているのだ。

午後に、もうひとりの弁護士が、ブルーのシトロエンCXパラスで現われた。

俺は、自分の作業を続けていた。黒鯛(くろだい)を釣ってしまうと、もう釣りに関心はなくなった。

あの黒鯛がどれほどのものかはわからないが、竿とテグスを考えれば、五分でやり合って勝ったと言ってもいいだろう。

宇野は、十五分ほどで建物を出てきた。車には戻らず、雨の中を俺のそばまで歩いてくる。白いトレンチを、粋に着こなしていた。パリでは裾の長いトレンチをよく見たが、日本ではベージュか紺が多い。

「でかいのを、あげたそうじゃないか」

「まあ、運がよかったんでしょう」

「川中に言ってやればくやしがるぜ。やつは、でかいのをあげたやつを、決して許そうとしない。むきになって、もっと大きいのをあげようとするんだ」

「食っちまいましたよ、メスで料理して」

「メスってとこが、泣かせるぜ」

トレンチのポケットから、宇野はパイプを出して火をつけた。濃い煙が、霧雨の中を流れた。隣りの敷地では、まだ作業の音が続いていた。

「俺も、いつか釣りをしながら暮そうと思って、岩場のある土地を買った。そこで魚が釣れると保証してくれたのが、死んだ蒲生の爺さんだった」

「やったことはあるんですか？」

「いや」

「釣れないと思ったところで釣れたり、釣れると思ったところで釣れなかったりってこと、あると思いますよ。ここがそうだった」

「俺は、蒲生の爺さんを信用してる。それだけでいいんだ」

宇野はパイプの灰を落とし、また火をつけ直した。隣りの敷地の工事の音に、しばらく聞き入っているようだ。

「隣りの持主、諦めちまったみたいですね」

「もっと厄介なのが出てきたさ。この街じゃ、玉井不動産がやっぱり代理人をやってるが、大物が後ろに付いて気が大きくなったんだろう。工事をはじめたからな」

「むこうの土地なんだから、工事をするのは勝手ですよね」

「工事だけで終ればな」

言って、宇野がにやりと笑った。

宇野が立ち去ると、俺は作業の後片付けをし、建物の中に入っていった。きのう奥の部屋まで入ってから、俺は建物のどこへ入るのも抵抗を覚えなくなった。

奥の部屋で、湯を使って手を洗い、冷蔵庫の中からビールを一本出した。コップが見つからないので、瓶の口に直接口をつけて飲んだ。

沖田が診察室から戻ってきて、ダイニングテーブルに俺とむき合って腰を降ろした。

「新興宗教の家みたいだ、と言ったそうだね」

「桜内さん、見かけによらずお喋りだな」

「私が、宗教的なものに近い心境にあることは、間違いないだろうと思う」

「死ぬのが怕くて、神にすがってるってとこですか」

「神が助けてくれるのなら、そうもするさ。人間の肉体の奇蹟を、私は信じないよ」

「じゃ、悟りを開きたい」

「それとも違うね。言葉で説明はしにくい」

俺は、瓶に残ったビールを口に流しこんだ。口の中が泡だらけになり、無理をして飲みこむと、続けざまにゲップが出てきた。

「死ぬことと比べたら、痛いなんてことは大したことではないですか？」

「難しい質問だね。痛いから生きてる。そういう言い方もできる。痛みが命を奪っていく様子も、医者として何度も見てきた」

「痛みが、ほんとうに命を奪うんですか？」

「軽減されることのない痛みはね」

「そして、あんたが抱えてる痛みってのは、そういう種類のものだと言いたいんでしょう。医者ならわかるでしょうが、そんな痛さの中で死んでいく人間ってのは、数えきれないほどいるんでしょう？」

「いるね」

「いいと言ったね」

「特別なことじゃないんだ」

「痛いと言わずに過せる人間はいない」

「痛いと言わずに死んでいくことは、特別なことなんですか？」

「多分な。しかし、こんな話はやめにしないかね。君は、はじめに、自分が納得できればいいと言ったね」

「納得なんかしてませんよ、まだ。つまり、勝負はついてないってわけだ」

「毎日、土地をならしたり、岸壁の補修をしたり、釣りをしたりしている君を見ていて、少しずつ私も関心を持ちはじめたようだ」

「やることがない。だからそうしただけです」

「自分が男であるということに、執拗にこだわっているタイプだと思っていたよ。特に、攫われたまりこを助け出してきた時なんかね」

「あの場面のあんたは、卑怯だった。いまでもそう思ってますよ」

沖田が煙草に火をつけた。二、三度煙を吸うと、激しく咳きこんだ。ダイニングテーブルの上のティッシュペーパーを二、三枚引き抜いて、痰を吐く。鉄錆のような茶褐色の痰だった。

俺は、冷蔵庫からもう一本ビールを出した。腹の足しになるようなものは、見つからない。口の中を泡だらけにするしかなかった。

金庫の扉は閉じている。もっとも、いつも閉じているのだろう。問題は、鍵がかかっているかどうかだ。まりこなら、合わせ番号も知っているだろう。それとも、沖田は誰にも知らせず、自分ひとりだけですべてを抱えこんでいるのか。

「生の本質は、エゴイズムだって言ってましたね、沖田さん」

「本質の一部はだ」

「なぜ、医者になんかなったんです？」

「どういう意味の質問かな」

「一番、ふさわしくない仕事だって気がしましてね」

かすかに、沖田が口もとで笑った。テーブルに置かれた、痩せた手に俺は眼をやった。まだ煙の出ている煙草を、指で挟んでいる。

「俺は、あんたの化けの皮を、近々剝いでやるつもりでいる」

「待ってるよ。私も、そういう皮があるなら、剝いでみたいと思う」

「御託を並べる人間には、大抵そんなもんがありましたね」

「ほう。ここへ来る前は、なにをやっていた？」

「普通の会社員ですよ。パリに駐在のころ、仕事が暇すぎたんで、ポルノショップを何軒か持ってる男の、ボディガードもやってました。空手のインストラクターのアルバイト中に、スカウトされましてね」

「なるほど。ボディガードね」

沖田が、ようやく煙草を消した。まりこが入ってきたが、俺と眼を合わせようとはせず、書類の束を沖田に渡した。

「ここじゃ、誰もが、仕事がないのに仕事をしてるように見えるな」

「君も、そうじゃないか。勝手に自分で仕事を見つけてはやってる」

「確かにそうだな。不思議なところですよ」

瓶のビールを、俺はまた呷った。沖田の眼の底をいくら覗きこんでも、見えてくるものはなにもない。川中や宇野や叶の眼の底には、こちらがはっとするような暗さがしばしば感じられるのだ。沖田にそれがないということが、逆に俺を惹きつけているのだろうか。

ビールを飲み終えると、俺は腰をあげた。

車に乗りこむ。ドアはロックしていなかった。グローブボックスに、茶の封筒がある。しっかりと封がされていた。それを確かめただけで、俺は車を出した。

相変らず、霧雨が続いている。ヘッドライトは、細かな雨粒もはっきりと照らし出す。昼間の明るさの中で見るよりも、雨ははっきりと見えた。

いつもの通り、川中はカウンターに腰を降ろしていた。

「でかいのをあげたそうじゃないか」

俺の顔を見て、川中が笑った。

「運がよかったんでしょう」

「何日も坊主が続いても、諦めなかった。運だけじゃないさ」

「あげるのに、ずいぶんと手間取りましたがね」

「釣りっていうのは、そういうもんだよ」

川中は、やはりドライ・マティニーだった。オン・ザ・ロックと、俺は坂井に言った。大きな氷のかけらがひとつ。その方が自分に合っているような気がする。

「そいつは俺の奢りだ、下村。あそこで三キロの黒鯛じゃ、祝杯をあげないわけにはいかんだろう。もう一杯、俺にも作ってくれ、坂井」

黙って、坂井はシェーカーを振った。カクテルグラスに注がれたドライ・マティニーを、川中はちょっと宙に翳した。そんな仕草が、よく似合う男だ。

そいつを飲み干すと、川中は俺の肩にどしんと一度手を置き、腰をあげて出ていった。いつもよりちょっと遅い時間で、七時になろうとしている。

客が二組、同時に入ってきた。店の中が賑やかになる。

「ちょっと会っときたかった」

「社長に？」

「いや、おまえにさ」

「どういうことだ？」

坂井の言葉は短く、愛想もなにもなかったが、この男が、ポーズもなにも捨てて喋ると
そうなることが、ようやく俺にもわかりはじめていた。
「俺は、そんなに無茶な男じゃない」
「わかるよ。結果的に無茶なことをやったとしても、だからって無茶な男ってことにゃな
らない。無茶をしなきゃならねえ時って、あるもんだからな」
「それだけさ、言いたかったことは」
かすかに、坂井が頷いた。俺は、二杯目を頼んだ。
待っても、沢村明敏は出てくる気配がなかった。何時に演奏してもいい、ということに
はなっているらしい。
俺は立ちあがり、ピアノのそばへ行って、鍵盤をひとつポンと叩いた。うつろな音がし
て、もう一度叩こうという気にはなれなかった。指さきから出てくる音。いつの間にか、
沢村明敏のピアノがひどく好きになっていた。
「今夜は、先生は気が向かないらしいな」
「時間が時間だ」
坂井は相変らず、俺と眼を合わせようとしない。二メートルも離れていると、俺と坂井
が喋っているなどとは思えないだろう。
三杯で腰をあげた。

「玉井不動産の仕事をしてるチンピラが、二人出ていった」

うつむいてグラスを洗いながら、坂井が言った。客はもう数組入っていて、どんなやつが出ていったか、俺にはわからなかった。

「危なっかしいやつらか？」

「ただのチンピラさ」

「どうしろと言うんだ？」

「教えただけだ」

頷いて俺は店を出た。

霧雨の中を歩いていく。店の出入口のところに立っていた男が、二人付いてきた。人通りは多い。路地を縫って、二つほど筋違いへ出れば、人通りはずっと少なくなる。こらえることを知らないやつらだった。路地で、俺は追いつかれていた。逃げると思われたのかもしれない。

「なにか？」

立ち止まり、俺は二人との距離を測った。

「でけえ顔（つら）で最近飲んでるってのは、てめえだな」

ひとりは三十歳ぐらいだが、もうひとりは十八かそこらにしか見えなかった。

「革ジャンで恰好（かっこう）つけてりゃいいってもんじゃねえんだぞ」

言った男の顎を狙って、俺は足を飛ばした。もうひとりの髪を摑む。躰を二つに折るようにして、膝を突きあげた。それから肘。体重を乗せて弾き飛ばした。起きあがろうとする最初のひとりの、顔の真中に拳を叩きつけた。路面を蹴った。顔を掌で押さえたまま、男が背を丸くして呻きをあげた。股間の急所を二度蹴りつける。しばらくは動けないはずだ。

もうひとり。若い方の男だった。立ちあがり、腰を引いて身構えている。隙を見つけて逃げようとしているのが、俺にもよくわかった。こういう時の攻撃は、まったく怖くない。体重の乗ったパンチなど、出せるわけはないのだ。

俺が踏み出すと、男はフック気味のパンチを出してきた。肩で受けた。次の瞬間、俺は掌底を左の脇腹に突き出した。仰むけに倒れかかった男を、足で薙ぐ。横に倒れ、男は動かなくなった。髪を摑んで引き起こした。建物の壁に押しつける。二発、三発と、下から突きあげた。男が、自力で立っていられないことはわかっていた。こうやって下から突きあげていれば、倒れることもできないのだ。

肩に手を置かれた。

「行こう」

坂井が親指を立てる。歩きはじめてから、男は路面に倒れこんだようだ。

「やりすぎを止めに来たのか」

俺は、乱れた呼吸を整えながら言った。

「人を殺すってのは、後々こたえるもんだよ」

殺したことがあるのか、という言葉を俺は呑みこんだ。当然、殺したことのある人間の、言い草としか思えない。

「相変らず、猫のように歩くな、おまえ」

「刑務所で覚えた。あまり唇を動かさずに喋ることもな」

「店へ戻れよ。社長にどやされるぜ」

軽く坂井の脇腹を打って、俺は歩きはじめた。霧雨は、まだ降り続いている。

21　親父

電話の声を聞くかぎり、玉井はもの静かな男だった。

「ほんとうに、土地の権利証をお持ちなんですな」

「俺が、なんで沖田診療所に毎日通っていたと思うんですか」

「いろいろ、考えられることはありましてね。女性問題だという話もありました。どちらにしても、お会いしなくちゃなりませんな」

「会うのは一度きり。俺が指定する時間に、指定する場所で」

「それは困ります」

「じゃ、取引はなしってことにするぜ」

「信用できないんですよ、あんたが」

「それは、こちらも同じでしてね。昨夜は、うちに出入りしてる者が、大怪我(けが)をさせられてる」

「ちょっかいを出してきたのは、あの二人ですよ」

しばらく沈黙の時間があった。俺が測っているように、玉井も俺のなにかを測っているはずだ。ライターの音らしい、金属音がした。煙草の煙が、受話器から流れ出してくるような気がした。

「価格の交渉を、まずさせていただけませんか。土地権利証を拝見した上でね」

「交渉は、電話で充分でしょう。権利証は、現場で確認すればいい」

「いくら、と考えておられます？」

「二億」

「高いな、それは」

相場の倍といったところだ。

「絶対に、あの土地が必要なんじゃないですか」

「絶対ということはない。それに、買手は私どもだけですよ」

「そちらのつけた値は？」

「五千万。これが相場です」

また、沈黙だった。今度は、俺の方がジッポの音をさせた。受話器に煙を吹きつける。かすかな息遣いが、俺の耳に届いた。

「下村さん。常識的な線を、私は出しているつもりですがね」

こちらが妥協せざるを得ないことを、玉井は読んでいた。このままでは、小手先であしらわれたということになる。もう一度、俺は煙を受話器に吹きかけた。

「買手がないわけじゃないんですよ」

「ほう、誰が？」

「言えませんね、それは。ただ、その人は自分があの土地を所有するのが一番いい、と考えてる。その上で、病院をやればいいんだとね。だから、沖田にずっと買収を申し込んでいましたよ」

「そんな男が」

「いるでしょう、この街にひとり」

はったりだった。玉井が思い浮かべるとしたら、川中の顔しかないはずだ。川中なら、いかにもやりそうなことだという気がする。

「それは、沖田さんから買うのであって、あなたから買うわけじゃない、と思いますがね。でなけりゃ、意味がない」

「その通り。俺がとりうるもうひとつの方法は、沖田自身に買い戻して貰うことですよ。せいぜい三千万というところですがね。沖田はすぐに、その男に売りますよ。だから、俺は事を急いだんだ」

三度目の沈黙だった。どちらも、ライターの音はさせず咳払いひとつしなかった。コツンと、受話器になにかが当たる音がした。それ以外は、なにも聞えない。しばらくして、息を吐くのが聞えた。

「沖田に買い戻して貰う方が、俺としては安全でしてね。五千万で売るくらいなら、安全な方を選ぶ。それに、相場が五千万というのは、不動産屋さんの言うこととも思えないな。少なくとも、一億が相場だ」

「どうでしょう。その相場での取引というのは」

四度目の沈黙は短かった。

「現金で揃えられますか？」

「当然です。これでも、二億、三億の金は日常的に動かしていますよ」

「わかりました。二時間後に、取引場所の電話をします」

玉井がなにか言いかけたが、構わず俺は切った。

すぐに、桜内の部屋を出た。タクシーが見つかりそうな場所まで車で行き、グローブボックスの封筒を革ジャンパーの内ポケットに突っこんだ。

封を切って、中身を確かめてはいない。そうする気もなかった。賭け。なんに賭けるのか。自分でも、よくわからなかった。二十八年生きてきた。そのすべてを賭けるというほど大袈裟な気持はないが、近いものはある。背広はおろか、革ジャンパーからまではみ出しかかっている自分。そのはみ出した部分を、賭けてみるしかない。

ほんとうに、封筒の中には土地の権利証が入っているのか。きっちり封をしてあるのが、いかにも意味ありげだった。

まりことは関係ない。自分自身の内部のなにかを確かめるために、まりこを道具として使っている。いまは、それがよくわかる。

俺は多分、自分の人生でなにかを確かめなければならない時期にさしかかり、他人よりずっと強烈な方法でそれをやってみようとしているに違いなかった。

俺は車を捨て、口笛を吹いて歩きながら、タクシーを捜した。五分も歩かないうちに、小型のタクシーがやってくる。

工場のある方へ行ってくれ、とだけ俺は運転手に言った。産業道路を真直ぐに行けばいいだけのことだから、運転手はそれ以上なにも聞こうとしない。

三十分もかからず、工場地帯に着いた。いくつ工場があるのかは知らない。どこもかなり大規模な工場で、土地もたっぷりとっている。ある工場の正門の脇に電話ボックスを見つけた。

タクシーを待たせたまま、俺は降りていった。

「二時間後、ということじゃなかったんですか」

「気が変りましてね。現金、用意できましたか?」

「そんな。あれから一時間しか経っちゃいませんよ。まあ、目処はついておりますが」

「何時ごろ、用意できます?」

「やはり、あと三時間は」

「じゃ、午後五時。いいですね?」

「充分です。それで、場所は?」

「また連絡しますよ。玉井さんひとりで、来てくれますか?」

「運転手は?」

「それも、願いさげにしたいな。車の電話の番号、教えておいてくれませんか」

俺は、煙草の箱のセロファンをずらして、本体の方にボールペンで番号を書きこんだ。

タクシーに戻り、さらに山の方へむかった。

ひとつ山を越えると、隣りの街になる。農家が多いようだが、通りには商店や食堂や喫茶店もあった。小学校の正門の前で、俺はタクシーを降りた。

昼めしがまだだったことを思い出し、俺は小さな食堂に入ってカツ丼をかきこんだ。それから喫茶店に場所を替え、置いてある週刊誌を読みながら、コーヒーを飲んだ。

一時間半経って、俺は店の電話に十円玉を落としこんだ。

「三時間はかかる、と申しあげたでしょう」

「別に、電話を三時間後と約束したわけじゃありませんよ」

「そうですな、確かに」

玉井は、低い声で笑った。

「五時に、シティホテルのティルーム。ひとりで来てください」

玉井がくり返す。それだけを聞いて、俺は電話を切った。

この街にも、タクシーはありそうだった。なければ、電話で呼べるだろう。

喫茶店を出て、俺はしばらく農道を歩いた。きのうからの霧雨はやんでいるが、空が晴れているわけではなく、またいつ降り出すかわからないような雲行だった。

海のそばから、山の方へ来た。なんの理由もなかったが、無意識のうちに山を求めていたのかもしれない。

俺が育った長野の山の中とは、あまり似ていなかった。それでも、海よりは遥かにこちらの方が近いという気がする。

いまの季節、長野は雪の中だろう。十二月に入ると、俺の育った温泉街は、大抵雪が降りはじめたものだ。湖も凍る。しかしまだ氷は薄くて、歩くとミシミシと音をたてたものだった。

親父(おやじ)が死んだのも、年が押しつまったこんな季節だった。

若いころから、浴びるほど酒を飲んだらしい。四十の時には、医者から酒を厳禁された。やめていたのは二年間で、また飲みはじめたという話だった。酒をやめていたその二年の間に、俺は産まれていた。

親父は、昼間は客の応対や従業員の指図などをしていたが、夕方からは飲みはじめ、眠る時まで飲んでいるのだった。俺の記憶にある親父の姿は、それだけだ。

酒を飲んで、暴れたり、愚痴っぽくなったりするわけではなかった。賑やかになるだけだ。悪い酒じゃないと、誰もが言っていた。

大きな男だった。時には、山に入って猟などもやったが、その時も荷物の中にはウイスキーの瓶が何本も入っていた。俺が連れていかれる時は、いつもウイスキーの入ったリュックを担がされた。俺はほんとうは、ライフルを担ぎたかったのだ。

大きなだけではなく、親父は勇敢でもあった。キャンプしていて、いきなり猪(いのしし)が突っこんできたことがある。俺は、足が竦(すく)んで動けなかった。親父も、岩にたてかけた銃を握る暇はなかったらしい。正面から猪とむかい合い、薪割(まきわ)り用の鉈(なた)で猪の頭を叩き割ったのだ。

その猪は、本職の猟師が仕掛けた罠(わな)を破って、突っこんできたのだった。俺は見たことがあるが、猪が突っ走ると、眼で追えないくらいに速い。たとえ罠を破るために怪我をしていたとしても、その猪も速かった。親父の躰がどんなふうに動いたか、いまでもはっきり思い浮かべることができる。ぶつかると思った瞬間に、躰をかわし、同時に急所に鉈を叩きこんだのだ。一発で、猪は倒れはしなかった。反転して親父にむかってくるのを、また鉈で打った。十メートルほど走った猪が倒れ、四肢を痙攣させた。

おまえも、もっと度胸を決められるようになれ。半分泣いていた俺の頭に手を置いて、親父はそう言った。

親父が、酒をあまり飲まなくなったのは、俺が小学校を卒業するころだった。ひどく痩せて、顔色もドス黒くなった。それから一年も経たないうちに、親父は湖で死んだ。自殺だった。親父が、背中が痛いと言って、子供のように泣いているのを見て、俺はひどくびっくりしたものだ。死ぬのは嫌だと叫んだこともあり、宥めるのはいつもおふくろだった。肝臓から拡がった癌で、自殺しなくても数か月しか生きられなかっただろう、とおふくろは話してくれた。

あんな男でも死ぬのだ。俺が思ったのはそれだった。親父と死を、結びつけて考えたことなどなかった。死が誰にでも訪れてくることがある。人は自分で死の中に飛びこんでいくこともある。そのすべてを、親父は自分自身で俺に教えてくれた。

農道を歩きながら、俺はそれを連続して思い出していたわけではない。途切れ途切れに、脈絡のない光景として浮んできただけだった。

時計を見た。

四時まで、あと十分ほどだった。俺は通りの方へ引き返し、タクシー会社のガレージを見つけて声をかけた。この街には、二台のタクシーしかいないらしい。

工場地帯に戻ったところで、また電話をした。違う声が出たので電話を切り、自動車の方へかけ直した。

「五時まで、三十分以上ありますよ」

「場所を変更します。『レナ』というコーヒーハウスは知ってますね」

「そりゃ、まあ」

「五時に、そこにしましょう。あそこなら、あんたがひとりかどうか、すぐにわかる」

「しかし下村さん、あそこはね」

「なんとなく、玉井さんが顔を出しにくい場所だってのはわかりますけどね。俺はひとりなんですよ、完全にね。あんたがひとりかどうかは、しつこいくらい確かめて当然だと思うんですがね」

電話を切った。

それから産業道路を通って、五時前には街へ入った。

22 夢

五時ぴったりに、俺はシティホテルのティルームに入った。

コーヒーを一杯飲んでから、『レナ』に電話を入れる。

「店を出て、街にむかって走ってきてくれますか。五十キロ制限の道路だから、それ以上スピードは出さないようにしてね」

「こっちは、用意するものはしてるんですよ。いい加減にしてくれませんか」

「百パーセント、俺はあんたを信用はしてないんですよ。次の連絡は、車に入れます」

五時半にシティホテルを出た。タクシーで、港のそばまで行く。街を歩いていれば、誰かに見られる可能性はある。

荷揚げの作業などは終ったらしく、港に人影はほとんどなかった。

俺は自動販売機で熱いコーヒーを買い、港湾事務所のそばのボックスから、玉井の車に電話を入れた。

「どこですか、いま。まだ港にも着いてないんですね。わかった。ホテル・キーラーゴのロビーで。そのスピードで、真直ぐ来てください」

電話を切り、一分経ってからもう一度かけた。

「三号埠頭の突端。都合のいいことに、いまは船がいない。車でそのまま来てください。もう、そばにいるでしょう。五分以内にね」

ボックスを出ると、俺は倉庫と倉庫の間に身を隠し、缶コーヒーを飲みながら、車がやってくるのを待った。

六分経って、ヘッドライトが近づいてきた。完全な闇ではないが、もう暗くなっている。車は、三号埠頭の突端まで行って停まった。乗っているのはひとりに見えたが、後部座席に隠れていれば、わかりはしない。トランクに潜んでいるということも考えられる。気にしても、仕方がなかった。ほんとうに危険になれば、暗い海に飛びこめばいい。

俺が歩いていくと、人影がひとつ車から出てきた。大き目のアタッシェケースをぶらさげている。むこうから俺に近づこうとはせず、車のそばに立ったままだった。

玉井は、声の割りには肥っていて、野卑な表情をした男だった。明るい光の中で見ると、もっと醜悪なのかもしれない。

「金は、ここですよ、下村さん」

玉井が埠頭の繋船柱の上に置いたアタッシェを開いた。確かに、一万円の札束が十個並んでいる。厚みのあるアタッシェだから、本物だとしたら、一億きちんと揃っているのだろう。

「調べさせていただきますよ」

「その前に、権利証を見せてくださらなきゃ」

俺は、革ジャンパーの内ポケットに手を入れ、封筒を渡した。玉井は、慌てて破るように封を切っている。俺はアタッシェから、紐で縛った札束をひとつ摑み出した。一番上だけが、一万円札で、あとはただの紙きれだった。

「コピーじゃないか、これは」

予想したような、白紙が入っていたわけではなかった。本物のコピーのようだ。まりこの、俺に対する返事は、コピーということなのか。おかしくなって、俺は笑った。

背中に、固いものが押しつけられた。

「どういうことだ、下村？」

玉井が声を荒らげる。背中の固いものは、まったく動かなかった。

「トランクに隠れてたのかよ。狭いのに御苦労さんだね。おまけに、紙きれの札束ときた。まあ、こんなことだろうとは思ってたが」

後頭部に、なにか叩きつけられた。瞬間、視界が白くなり、なにも見えなくなった。

頰を叩かれて、眼を開いた。

明りはある。裸電球だ。倉庫の中らしい。木の箱がいくつか積みあげられているだけで、ほとんどがらんどうだった。俺は、また眼を閉じた。

「舐めた真似をしてくれたもんだ」

「あんたもな、玉井さん。俺をこんなところに連れこんだのは、失敗だったね」

「なぜ？」

「永久に、土地の権利証は手に入れられないからさ」

「持ってるのか、ほんとに？」

「でなきゃ、コピーなんか取れるかよ。本物を持ってくるほど、俺も馬鹿じゃないってことさ。俺は本物を持ってるが、あんたには金はない。俺をここに連れこんだのが、いい証拠さ」

「持ってるなら、俺が貰うよ」

「出すと思うのか」

手足は、自由だった。俺が見えるところには、玉井ともうひとりが立っているだけだ。躰を起こそうとした。後ろから、蹴りつけられた。倒れたところを、何人かに押さえこまれる。見えないところに、何人いたのか。

手に、激痛が走った。角材を叩きつけられたようだ。左手。それから右の二の腕にもきた。さらに、右腕がひねりあげられる。よいしょ、という声が聞えた。ひねりあげられた右腕に、もろに体重がかかってきた。骨の折れる音が、はっきりと俺の耳に届いた。

躰が自由になった。しかし、立てはしなかった。躰の中を痛みが駈(か)け回っている。半端な痛みではなかった。血が引いていくような痛みだ。

全身が、水を浴びたように濡れている。冷や汗だった。コンクリートの床に押しつけた頬も、汗を吹き出しているようだ。冷たく乾いた感触が、濡れた感触に変った。

「これから、死ぬほど苦しい思いをするのがいいか。それとも、いま言ってしまうのがいいか。どっちにしても、おまえは喋るぞ」

「殺せばいいだろう」

「お望みならばな。ただ、簡単には殺せない。喋って貰わなくちゃならんことがあるからな」

「卑怯な野郎だ」

「おまえが、ドジなのさ。車で来いとはね。どこにでも人が隠れられるじゃないか」

予想外のことではなかった。海に飛びこむチャンスがなかっただけだ。

ドジと言えば、玉井も同じだ。俺が権利証を持っていると、信じきっている。でなければ、あっさり殺していたかもしれない。

いろいろなことを考えることで、俺は躰を駈け回る痛みを、紛らわせようとした。

「下村、喋ってしまえよ」

「いやだね」

「そう言い続けて、どうにかなるとでも思ってるのか」

「逃げてやる」

「痛い思いをするだけだぞ」

俺は、躰を起こそうとした。右腕は言うことをきかず、左手は痛かった。左の肘だけで、なんとか上体を起こし、立ちあがった。

顔にパンチを食らった。倒れかかったが、背後から抱き止められた。五人。玉井も入れると六人いる。腹。靴がめりこんできた。しばらく、息を吸うことも吐くこともできなかった。抱きとめている男を、振り払おうとした。不意に、躰が前に出ていった。手を放されたのだ。まともに、カウンターを食らった。よけようにも、右腕は動かない。膝から落ちそうになると、また抱き止められた。腹。靴がめりこんでくる。息を。思った時は、続けざまに左右から顔にパンチを食らっていた。なにも見えなくなった。

眼を開けた。気を失っていたのは、どれほどの時間なのか。

「気が変ったら、言うんだな。ついでに、助けてくれとも言え」

「殺せよ」

「いまに、助けてくれと泣き叫ぶさ」

「殺せ」

脇腹に蹴りがきた。強くはないが、一定のリズムで、いつまでも続いた。俺は躰をひねってよけようとし、右腕の痛みに呻き声をあげた。

「殺さないようにやれ。俺は事務所へ戻る。吐いたら、すぐ知らせろ」

「待てよ」

俺がくたばるところを、見ていけ。言ったが、声にはならなかったようだ。

玉井が出ていく気配があった。

仰むけになって、俺は男たちのひとりひとりを見回した。四人になっている。知っている男は、ひとりもいなかった。

両手がしっかりしていれば、四人を相手なら闘えるかもしれない。両手がしっかりしていれば。また、脇腹に蹴りがきた。股の急所にもきて、俺は躰をのけ反らせた。

「海に沈みたかねえだろう」

「いつだって、コンクリート詰めにできるんだぜ。すぐそこの海に沈んだやつが、今年は何人いたかな」

威しだ。それはわかっている。すぐそこの海。つまりは、港の倉庫のひとつということだ。俺はそれだけを考えていた。

「順番にやるぞ。この野郎が音をあげるまで、休みなく続けるんだ」

背中が蹴られた。次に頭。顔。胸。腹。腿。俺の躰の周りを歩きながら、適当に蹴りつけているらしい。気を抜いた瞬間に、腹に強烈なやつがきた。胃の中のものが、口から噴き出していくのがわかった。

頭がぼんやりしていた。それとは別なところで、痛みの感覚ははっきりとある。あり過ぎるくらいだ。

脇腹に、重たい靴が来た。蹴りつける役が交代したようだ。一発来ただけで、しばらく間があった。いつ二発目が来るのか、ということだけを、俺は考えていた。来ないかもしれない。そう思いはじめた時、背中にずしりと衝撃があった。息ができなくなり、意識が遠くなった。

水を浴びせられたようだ。躰を動かそうとして、背中の痛みで呻きをあげた。肋骨(ろっこつ)が二本ばかり折れているようだ。三発目。腹。それからさきは、なにもわからなかった。

また水をかけられた。

「言っちまえよ、おい。このまま我慢してると、死んじまうぞ」

「うるせえ」

声にはならなかった。上体を引き起こされた。

「誰か、こいつが倒れねえように、押さえててくれ。俺は、顔を殴らねえと、殴ったような気がしねえのよ」

顔にパンチがきた。俺の顔は、左右に激しく揺れ動いた。なにも考えられなかった。このまま死ぬに違いない。恐怖はなかった。歯が折れた。折れた歯を呑みこまないようにしよう。吐き出した。血を吐いたような気がしたし、歯だけを吐き出したような気もした。

夢を見た。親父が、猪の頭に鉈を叩きこむ夢だった。一頭は倒れたが、別の一頭が親父の背後から襲った。横からも現われた。俺は恐怖で、樹にしがみついてふるえていた。血まみれになった親父が、大きな叫び声をあげて倒れた。

「おっ、立とうって気だぜ、こいつ」

声が聞えて、自分が立とうとしていることに、はじめて気づいた。左肘は使える。それで立てるはずだ。

時間がかかっているのかどうか、よくわからなかった。頑張れとか、惜しいとか、もうちょっとだとか、言葉だけが耳にとびこんでくる。気力をふりしぼった。立てないわけがない。立とうと思って、立てないはずはない。そら、もうちょっとだ。また言葉。耳を押さえたくなった。

立った。間違いなく、立っている。ぼやけた視界も、はっきりしてきた。ゆっくりと四人を眺めていった。ひとりだけ、前に進み出てくる。手がのびてきて、軽く俺の頬を打った。それだけで、俺は倒れそうになった。

「踏ん張れ。ほら根性だよ」

学生のころ、稽古中によくそういう声をかけられた。ほかの連中より、俺は踏ん張ることだけはできた。

また、頬を打たれた。にやにや笑った男の顔が、近づいてきては遠ざかる。左。拳は無理なのか。掌底がある。接近していれば、掌底の方が有効だ。

測った。相手との距離。タイミング。全身全霊で、それだけを測った。左足を、一歩退げる。相手を見つめた。にやにやと笑った男の顔しか、眼に入らなくなった。近づいてくる。頬。打たれた。掌底。突き出した。どうなったか、わからなかった。左の肩から全身に、衝撃が拡がった。

「左手を使えるぞ、こいつ」

俺は、声を聞きながら、脇腹を押さえた男が、仲間に助け起こされようとしているのを見ていた。倒れた男は、呻いている。

「どうだ」

声にはならなかったが、俺は言い続けた。

背中を蹴られた。気づくと、うつぶせに倒れていた。左の腕を踏まれている。手首も踏まれている。叫び声を、俺はあげた。角材が、左手に叩きつけられている。何度も何度も、執拗にそれがくり返された。指が砕けていく。手の甲も砕けていく。俺の拳。思った。なくなっていく。この世から消えていく。

意識が戻った時、仰むけだった。躰の中を駈け回っているものが、痛みなのかどうか俺にはよくわからなかった。起きあがろうとした。

「気がつきやがったぜ」

首が、かすかに動いただけらしい。声ははっきりと聞きとれた。

「喋る気になったろう、おい」

髪を摑んで引き起こされた。

「喋るよな、おい。そうすりゃ、こんな苦しい思いは、もうしなくてもいいんだぜ」

頭をゆすぶられた。口から、なにかが流れ出していく。舌の感覚は、まだあった。歯が、ギザギザになっている。何本の歯が、折れているのか。

「喋れよ、おい」

「いやだ」

はっきりと、俺は言った。喋ることは、なにもない。

「死ぬぞ、おい」

「殺せよ」

恐怖はない。躰全体が、灼けるように熱い。火でも近づけられているような気がする。しかし恐怖はない。

顔に、拳を叩きつけられた。仰むけに倒れた。髪を摑んで引き起こされ、また殴られた。倒れる。それを、何度かくり返した。四度目まで数えたが、それからはわからなくなった。

「頑固な野郎だな」

倒れたところに、靴が飛んできた。腹。背中。眼を閉じた。死が、そこにある。あと一歩、近づけば、俺はそこに足を踏みこむ。

恐怖は、やはりない。懐しさに似たような感情があるだけだ。一歩さきの世界は、ひどく穏やかで平和そうだった。踏み出そうとする。近づいていく。しかし、足を押さえているものがある。兇暴な、邪悪とさえ思えるような力だった。

「かわいがってる方が、バテちまうよな、まったく。おまえ、肋骨は大丈夫か？」

「息をすると痛てえよ。この野郎、最後の馬鹿力出しやがった」

「心配ねえよ。もう両手とも使えねえ。人形みてえなもんさ」

「それにしても、そんなに一億って金が欲しいのかな」

違う。欲しいのは、別のものだ。おまえらは、それを持っていない。持っていないが、俺に与える力はある。

「しばらく、休ませた方がいいかもな。死んじまえば、元も子もねえんだから」

「玉井の旦那からだって、殺しちまえば特別手当ては出はしねえぞ」

金を欲しがっているのは、おまえらだ。それも目腐れ金をだ。俺は、違うものが欲しい。

それにいま、手が届きそうな気がする。

「水をぶっかけとけよ」

「眠らせることあ、ねえわな」

全身に、水をかけられた。意識よりも、痛みだけがはっきりしてきた。もうちょっとで眠れるところだった。そこを眠らせないとは、味なことをするものだ。

頭の中は、眠っているのと同じような状態にあった。次々と夢を見る。パリでの、いい加減な生活。フランス人のやくざとの喧嘩（けんか）。金髪の女。

家にいた。親父がまだ生きていて、元気に酒を飲んでいた。親父は、子供の俺にも酒を飲めと言った。いや、俺は子供ではなかった。俺は二十八の大人で、親父は四十四、五だ。親父が注いだ酒を、俺は飲んだ。おふくろが出てきて、止めようとする。おふくろの顔が、まりこに変った。親父はいなくなっていて、俺とまりこだけだった。場所はわからない。俺は、まりこの長い髪に手をのばした。大して好きではないのかもしれない。それでも、結婚する相手としては、適当なところだ。

現代舞踏をやっていたので、躰はひきしまっている。体力もある。それが、夜の生活をはじめてしまった。女がひとりで生きていくには、そういう世界しかないのか。二人の家のためよ。まりこが言った。

宇野が、俺を見ていた。沖田も並んで立っている。

俺をいたぶってるのは、おまえらか。それなら、俺にだってやり方はある。ただ殴られてだけはいない。宇野のキドニーに一発お見舞いしてやれば、それで終りだ。沖田は、レバーのあたりでいい。

人声がした。宇野と沖田を助けに、叶でも現われたのか。それとも川中か坂井か。玉井の声だった。

「意識はあるのか?」

「ありますよ。喋らせてみましょうか」

上体が起こされた。どこまでが夢で、どこからが現実なのか、俺にはよくわからなかった。

「権利証はどこだよ、言ってみろ」

「いやだ」

「ほら、聞えてるし、喋ることもできるんですよ、こいつ」

殴られたようだ。

夢の続きがはじまっていた。俺は待っていた。待っていれば、俺が見たい夢は、必ず現われるはずだ。

23 手

全身が脈打っていた。

夢が遠ざかると、痛みが激しくなってきた。いままでの痛みとは、どこか違う。駈け回っているというより、どっかりと胡座(あぐら)をかいたとでもいうような感じだ。手強(てごわ)い痛みだという気はしない。こいつが俺を殺すのか。そんなことを考えた。殺気のある痛み。そう言っていいだろう。

上体は、動かすこともできなかった。脚はいくらかましだ。上体が動かないのは、動かす気がないからなのか。

明りが見える。遠くなったり、近くなったりする。時々、裸電球のかたちが、はっきり見えてくる。

港のそばの倉庫。半殺しにされて、コンクリートに放り出されている自分。いろいろなことを、くり返し確かめる。

「朝までに吐かしとけ。コピーを持ってたってことは、権利証もこいつが持ってる可能性が強いからな。沖田は相変らず、のらりくらりだ。権利証もないんじゃ、売るって言うわけにもいかないんだろう」

玉井の声。何時ごろなのか。朝まではまだ間がある、ということがわかっただけだ。一発ぐらい、おまえにお見舞いしてからくたばってやる。そう思ったが、声は出てこなかった。

手。動かない。自分の躰に付いているのかどうかも、わからない。痛みは、肩のあたりが一番重い。足。右足の指さき。左足の指さき。動いている。膝も腿も、動く。頭は持ちあがるか。持ちあがる。とすれば、俺は立てるのではないのか。立てるなら、立つべきだ。俺の躰。俺とは違うものとしてある、俺の躰。俺が立たせないかぎり、誰も立たせてはくれない。誰かに立たせて貰った瞬間に、俺の躰ではなくなってしまう。

腹筋を使えばいい。それで上体は起こせる。あとは、腰と膝で立てるはずだ。両手を後手に縛られたまま、突きや蹴りをかわす稽古を、学生のころに何度もやらされた。倒れても蹴りがくる。だから全身のバネで、素速く跳ね起きたものだ。

俺はまず頭を持ちあげ、腹筋を使って上体を起こそうとした。取り残されたように、両手がコンクリートの上にある。気にするな。自分に言い聞かせる。置いてきたっていいんだ。

「なんだってんだ、この野郎」

声がした。

「どうするよ。吐くまで、ほんとにくたばらしちゃまずいんだろう?」

「構うこたあねえよ。放っといたって、これだけやりゃくたばるはずだしよ」

倒れた。起きたのだろうか。起きて、蹴倒されたのだろうか。

眠くなった。痛みは胡座をかいたままだ。それを抱えこんで、眠ってしまいたくなった。眠ったさきには、なにか別のもの、別の世界があるという気がする。しかし、眠りに落ちることはできない。

眼が、なにかを捜していた。裸電球。あのコードを、首に巻きつけることはできないのか。電球を叩き割って、ソケットに指を突っこみ、躰を感電させることはできないのか。

どこかに、刃物はないのか。躰を落とすことができる、高い場所はないのか。腹の中で、なにかが破れたような、いやな気分がした。口から、なにか噴き出してくる。胃の中は、とうに空っぽのはずだ。

また、夢を見かかった。俺は走っていた。走っているというだけで、周囲の情景はなにも見えてこない。なんのために走っているのかも、わからない。ぶつかってくるものがあれば、弾き飛ばしてやろう、という気で突っ走っているだけだ。

実際にぶつかった。すさまじい音がした。弾き飛ばした。まるで、鋼鉄のような躰だった。なんの衝撃もない。

またぶつかる音がした。俺の躰ではない。はじめて、そう思った。倉庫の扉に、なにかがぶつかってきている。

俺は頭を持ちあげた。腹筋で上体を起こす。男たちが、棒を構えていた。ひとりは、刃渡りの長い刃物を構え、もうひとりは片手に棒を持ち、もう一方の手に黒い塊を握っている。拳銃なのか。

倉庫のシャッターが、突き破られた。フォークリフトが飛びこんでくる。

俺は腰と膝のバネで立ちあがった。

世界が揺れた。立っているのか、倒れているのか、何度も確かめた。わからなかった。わからないまま、俺は闇の中に躰を溶けこませようとした。

　気づいた時は、躰が持ちあげられていた。声がする。よく聞きとれはしなかった。死ぬと、天使がやってきて躰を持ちあげるという。俺を持ちあげているのは、多分天使だ。なにも聞えなくなった。ただ躰が揺れている。眼を閉じているのか開いているのかさえ、よくわからなかった。

光。確かに感じられた。声も聞える。連中の声ではない。なぜか、それだけがはっきりわかった。

　腕に、針が突き立てられていた。点滴の瓶がぶらさがっている。

「ここは？」

　誰にともなく、訊いた。

「桜内さんの病院だ」

　坂井の声だった。まだ、現実かどうかわからなかった。夢の続き。坂井が出てきても、なんの不思議もない。

「倉庫からここへ連れてこられたの、憶えてるのか？」

「おまえが？」

「重たい野郎だよ。俺が声をかけても、腕をブラブラさせながら歩いていきやがる。止めようたって、止まりゃしねえんだ。やっと担ぎあげて、車に放りこんだ。なにか、ブツブツ言ってやがったぜ。まだくたばってやがらねえ、と俺はいまいましくなったね。実際、歩いてる姿は人間じゃなかったな」

「喋りすぎだ」

俺は躰を動かそうとしたが、微動さえもしなかったようだ。

「失敗した」

「なにを？」

「おまえを、天使と間違えちまった」

「俺は天使さ。社長は腹を立ててたからな。お前を海に蹴落としかねなかった」

「川中さん？」

「そうさ。怒り出すと、命なんてどうでもよくなっちまうんだ、あれは。ひとりで、フォークリフトで突っこもうってんだからな。俺と叶さんは慌てたよ。下手すると、倉庫に連中の屍体が転がってるってことになりかねなかった。おまえがくたばるのは勝手だが、それ以上のことは沢山だからな」

「黙れよ、天使」

「黙るさ。眠った方がいい。とんでもねえ体力だって、桜内さんが呆れてた。実のところ、おまえを見た瞬間、桜内さんは首を傾げてたよ。あっちへ行っちまいかけてるってな。ところが、何時間か経つと戻ってきやがった。ちょっと出かけてたやつが、一杯ひっかけて戻ってきたみたいにな」

「喋りすぎだぜ、俺の天使」

「天使か、悪くねえな」

　俺は眠りに落ちかかっていた。

「何時だよ？」

「午後四時。腹でも減ったか？」

「何日の？」

「十三日。生憎と、金曜じゃなく土曜だ」

　金曜の宵の口に、玉井と会ったのだった。あれから二十時間以上経ったということか。

　眠れよ。坂井が言っているのが、遠くで聞えた。

　夢は見なかった。

　夢のない眠りは、死に近いのか。生に近いのか。

　次に眼醒めた時は、意識ははっきりしていた。

　桜内の病院。脇腹の傷を、麻酔なしで縫われたところだ。点滴の瓶、診察台に横たわったままの躰。かすかな、クレゾールの匂い。そして明り。

「何時だ、天使？」

「なに、天使だと。俺のことか、おい？」

　桜内の声だった。

「何時ですか？」

「もうすぐ、十四日になろうとするところだ」

「何日も、小便をしてないんじゃないかと、気になりましてね」

「たっぷり出したさ。真赤な小便だ。それも薄くなってきてる。呆れ返るぐらい、丈夫な内臓を持ってるようだな」

「これでも」

俺は、首をちょっとだけ動かした。なんとか動いて、煙草を喫(す)っている桜内の姿が見えた。セーター姿で、白衣は着ていない。

「これでも親父は、肝臓の癌で死んだはずなんですがね」

「おふくろに似たんだろう」

「言えてるな。まだ元気で、当分くたばりそうもない」

桜内が、診察台のそばに丸椅子(まるいす)を押してきて腰を降ろした。

「俺は、川中さんと坂井さんに助けられたんですか？」

「それから叶もな。叶が、玉井不動産の動きがおかしい、ということを掴んだ。そしたら、坂井がなにも言わず、仕事を放り出して店を飛び出したんだそうだ。玉井を尾行(つけ)回して、あの倉庫を突き止めた。叶と、どうやって乗りこむか算段していた時、川中がふっ飛んできて、ポルシェをフォークリフトに乗り替えて、突撃しちまったってわけさ。川中は川中で、『レナ』のママから、玉井が電話でおかしな話をしてたってことを聞いてたんだ」

「誰も、怪我せずに?」

「あの三人が飛びこんだんなら、中にいた連中の方がかわいそうさ」

桜内が煙草に火をつけた。さすがに、俺にも喫わせてくれ、と言う気にはならなかった。手も動かない。

「おまえが担ぎこまれてきた時、ちょっとばかり俺は危惧したよ。ズカズカ歩いたって坂井が言うしな。死ぬ前に、人間はそんな力を出すことがある。しかしおまえの場合は、生命力ってやつが、そうさせたみたいだ」

「運はいいし、体力はある方でしてね」

「とにかく、動かさずに経過を観察した。血尿もひどかったしな。それが薄まっていかないようだと、内臓が決定的なダメージを受けてるってことになる」

躰には、毛布がかけてあった。寒さを感じないのは、暖房が効いているからなのか。毛布の下の躰が、衣服をまとっているかどうかは、わからなかった。

「鼻の骨が陥没してた。それは、鼻の穴に棒を二本突っこんで元に戻したよ」

「ひでえ話だ。鼻の穴に棒ですか」

「歯はどうしようもないな」

「わかってますよ。何度も吐き出したし、舌で触れますから」

「観察した結果、まず内臓は大丈夫だろう。肋骨が何本か折れてるが、肺に突き刺さってはいない。点滴だけでも、かなり体力が回復してきてる」

桜内が煙草を消した。部屋の中に、霧のように煙がたちこめている。

そんなに簡単に回復するものか、と俺は考えていた。死んでもおかしくなかったはずだ。しかし、気分は確かによくなっている。痛みがなくなったというようなことでなく、近づきかけていたどこかから、また離れてしまったという感じなのだ。

「脚の方は、大したことはない。なにしろ、歩けたんだからな」

「やられたのは、手でしたよ」

「そこさ。俺は外科医だ。もっとも、内臓を切り裂くのが専門だがね。それでも、筋肉や血管や神経の状態はわかる。骨の状態もな。右腕の骨折は、いま牽引(けんいん)している。折れたところの筋肉が縮まらないようにな。それから手術が必要になる。単純な骨折じゃないんでね。砕けた骨を寄せ集めるってわけだ」

「左の拳は？」

「駄目だな。ずっと経過を観察してきた。手術ができないかどうか、あらゆる面から検討した。極端に言うと、砂袋のように骨が粉々になってる。どんな医者に診(み)せても、同じ結論を出すだろう。手首から切断するしかない」

「そうですか」

「大したショックでもないようだな。俺が信用できないなら、大きな病院に運んでやってもいい」

「信用してますよ。ただ、やられた時から、手がなくなったような感じだった。あの時に、もうなくしたと思っちまったんでしょう」

「あまり感じないだろうが、いまは冷却している。冷やしながら観察してたが、治癒力をはるかに超えた破壊だよ」

「眠ってる間に、切っちまってくれてもよかったのに」

「どうせなら、手がついたまま棺桶（かんおけ）に入れてやりたいと思ったのさ」

左手がなくなることが、大変なことだとは思わなかった。なくしてはならないものはほかにある。

「朝になったら、沖田さんのところへ運ぶ。あそこの方が、ここよりいくらかましだ。看護婦もいることだしな。俺が執刀する。いやなら、ほかの病院に運んでもいい」

「沖田診療所がいいです」

「そうか」

桜内が、また煙草に火をつけた。

朝まで、もうひと眠りできるだろう、と俺は考えていた。左手だけの怪我なら、痛みで眠れなかったかもしれない。全身が、眠りを求めていて、痛みを包み隠してしまっている。

眠っている間に、体力はまた回復する。

「死にかけてましたか、俺は？」

これは大事なことだった。自分の命を断てるものがないか、眼で捜していたことを、俺は思い出した。あるところまで行くと、人は死に踏みこもうとするのではないのか。もしそうならば、親父が湖で死んだのも理解できる。冬の冷たい湖が、親父のそばにはあったのだ。

「棺桶に片足、と言うだろう」

「わかりました」

「両腕の手術は、体力にそれほど影響はしない。内臓と違うからな」

「腐れ縁みたいになりましたね、桜内さんとは」

「それも悪くない」

煙を吐き、桜内が笑った。

24　汗

自分の脚で立った。

めまいがひどい。それをこらえて立ち続けていると、しばらくして収（おさま）った。

雨が降っていた。かなり激しい雨だ。部屋の中を、少し歩いてみる。足はしっかりしていた。全身の筋肉が悲鳴をあげているが、それはある快さを伴ったものだった。

坂井が、俺のRX7を見つけ出してきていた。

「よう、俺の天使。みんな元気か？」

「社長が、おまえの運転手をしろと言うんだ。無茶をやったことは後悔してないが、それは自分の命のことで、下手をするとおまえを死なせていたってことについては、ひどく気にしてるよ」

「天使だって？」

「こうして、天使を送ってくれてるじゃないか」

桜内が降りてきて言った。

「俺が担ぎあげた時、天使が持ちあげたような気がしたらしいんですよ」

「自分でも、死ぬと思ってたんだ、下村は」

「えっ、なんだって。天使ってのは、そういう意味なのか？」

「死んだら、体重がほんのちょっと軽くなるって知ってるか。天使がやってきて持ちあげるからだ。そんな詩を読んだことがある」

「おまえが、詩だと」

「桜内さんも、読んでるらしいぜ」

俺は車に乗りこんだ。手を使えないのが、どれほど不便なことかは、こんな時にわかる。それにも、やがて馴れるだろう。

桜内は、後部座席に乗りこんだ。

ワイパーが、フロントグラスを拭う。街全体が、激しい雨で煙ったように見える。どの車も、スピードは極端に落としていた。

「おまえが手首をぶった切られることで、みんな終っちまえばいいんだがな。まだなにか起こりそうな気がする。藤木さんの時がそうだった。いやな予感が、躰に絡みついたみたいで離れねえんだ」

「藤木って？」

「うちの店の、マネージャーをしてた人さ」

自分から死ぬようなことをした、と川中が言っていた男だろう。

「やくざの落とし前だって、手首となりゃ相当なもんだぜ」

「あるのか、そんな落とし前」

「聞いたことはねえな」

「手首の落とし前なら、消されてるな。やつらは、指からさきは、本体を消すだけさ」

「本体ね」

海沿いの道に入った。坂井は、コーナーで遠心力がかからないように、注意して運転しているようだ。

俺は、新しいブリーフの上に、桜内のガウンをひっかけているだけだった。車の暖房は全開にしてある。まるで、試合に行くボクサーみたいな恰好だ、と俺は思った。

ホテル・キーラーゴを通りすぎ、やがてヨットハーバー跡も雨の中に見えてきた。やはり、沖田診療所という感じにはならないが、手術を受ければ、多少は変るかもしれない。

この雨の中では、さすがに隣りの敷地も造成作業はしていなかった。それに、今日は日曜日だ。

俺が車から降りようとすると、山根知子が傘をさしかけてきた。俺は、ちょっとだけほほえんで見せた。

すぐに手術だった。

「麻酔、打ってくれるんですか」

「縫い合わせるってだけの手術じゃないからな」

俺の左手は、氷嚢の中に突っこまれている。それがグロープのように見えて、ちょっとおかしな感じだった。右も左も、まとめてやってしまう気らしい。桜内は、無造作に俺の手首と肩に注射を打った。

氷嚢をはずされた左手は、もうほとんど人間の手とは思えなかった。丸いかたちをした、赤黒い塊だ。

山根知子が、俺の右腕と左手を、なにかで引っ掻いた。なにも感じなかった。

沖田が入ってきたのは、二本目の注射を打った時だ。

「私は、内臓が心配なんだが」

「もう、血は止まってますよ。点滴ってやつ、小便がいっぱい出るんでびっくりしました」

「潜出血というやつもある」

「行ってきたんですよ。死ってやつのすぐそばまでね。痛いなんてことは、大したことじゃなかった。痛いと言わずに死ぬのも、難しくはないですね」

「それだけのために、無茶をやったのかね?」

「金を儲けたかった。そういうリアリティのある理由が必要なんですか。確かに、金を儲けたかったですよ」

「君が持っていった土地の権利証は、コピーにすぎない」

「封は切らなかったんでね」

「なぜ?」

「一年以上も一緒に暮して、結婚しようとまでしていた女がやったことですよ。俺は黙って信用した。誤解しないでくださいよ。恰好をつけて言ってるわけじゃない。信用することで、俺は自分をある程度納得させられた。俺はこれでいいんだってね。これでまりこのことを終りにしても、別に悔いは残らないって。うまく説明できませんが」

「わかるような気もする」

「お喋りになってるな、俺は。こんなこと、言う気はなかったんですが」

「しかし、死ぬところだったんだよ。いま、桜内のカルテを見たが、死んでいても不思議はなかった」

「俺は俺で、いろいろ考えたことがありましてね。俺のためだけに、勝手にやったことです。それで迷惑をかけちまってますが」

「はじめるぞ」

桜内が入ってきて言った。手術室などではなく、桜内が使っていた診察室だ。山根知子が、アルコール綿で手首を拭ったあと、ヨードチンキを塗りはじめた。

「思い切って、ばっさりやるからな」

桜内は、手術着も着ていなかった。ただの白衣だ。メス。桜内の声。切り開かれる皮膚を、俺は見ていた。ばっさりと言っても、手間はかかった。まず、血管を縛らなければならないらしい。それから、鋸（のこぎり）のようなもので骨を切った。

俺から離れた手を、俺は見ていた。出血を止め、何か所か縫って、左手首は終りだった。すぐに右腕に移った。俺は、診察台に横たえられた。坂井が、電気スタンドを持って、桜内の手もとを照らしている。

「骨を、ビスなどで繋（つな）ぐのを、俺は好かん。粉々になったやつを掻き集めてまとめたら、ギプスに入れるぞ」

「手首からさきは、出してくださいよ。小便をするのにも困っちまう」

「わかってる」

右手は、五本の指がちゃんとしていた。ひどいのは腕だけだ。

一時間とちょっとで、手術は終った。

「おまえの左手、どうする？」

「魚にでもくれてやってくれ、天使」

「その天使ってのは、もうやめろ」

「わかったよ、天使」

坂井が、舌打ちをして出ていった。

右手に、ギプスがつけられた。山根知子の手際もよかった。俺は診察台に横たえられたまま、点滴の針を刺された。

「麻酔が切れると、かなり痛む。痛み止めはどうする？」

「俺に訊くんですか。じゃ、沖田さんがいつも使ってるやつ」

「薬を選べと言ってるんじゃない。痛いのがいやかどうかと訊いてるんだ」

「じゃ、放っておいてください」

「わかった、終りだ。死ぬことはない。せいぜい苦しめ」

桜内が言ったことの意味が、午後になってわかった。左手が、ひどく痛みはじめた。切り離してしまったのに、痛みだけは残っているという感じなのだ。痛みをこらえながら、その奇妙さを俺は面白がっていた。額に、冷や汗が滲み出してくる。手首からさきのない左腕で、それは拭えた。左腕を動かしている方が、むしろ痛みは拡散していくようだ。

夕方まで、俺はその痛みをこらえ続けた。

山根知子が、夕食を運んでくる。スープとクロワッサン。まるで朝食だった。俺はひとりで食うことができず、山根知子に食わせて貰った。

「あんたのような男、あたしは好きよ」

食欲はなかったが、俺は運ばれてきたものを全部胃に押しこんでいた。

「よく食うからか」

「自分を投げ出すから。投げ出して、一瞬だけキラリと光ろうとするから」

「口説いてんのか？」

「好きだと言ってるだけよ」

「同じ意味じゃねえかな」

「男に惚れるの、やめにしたい。惚れた男は、自分を投げ出して死んでいくし」

「桜内さんは？」

「あの人も、一度は自分を投げ出したわ。その時は、惚れていた。でも、一年も経つと、あの人はただ腕のいい医者になったの」

「当たり前だろう。いつまでも自分を投げ出していられるかよ」

「だから、男に惚れるのは、やめようと思うわ」

きれいな女だった。桜内の女だと思って見ていたから、あまり気にしなかったが、こうして見ていると、ちょっと出会えないほどの美人だ。鼻梁に、かすかな翳りがある。眉も淋しげに見える。それでも、全体を見ると華やかだった。

「沖田さんには？」

「わからない。惹かれてるわね、多分。ただ、あの人があたしにむかって放つ光は、輝きみたいに鮮やかじゃないわ。よく見ていないとわからないくらい。でも、感じられる光はあるの」

「桜内さんには、それがなくなったってことかな」

「まともになったのよ、多分。あたしが出会ったころより、ずっとまともな男になったんだわ。本人も、それを知ってる。だから、あたしがここにこうしていても、大して気にしないわ」

「おかしな関係だ」

「あなたとまりこもね」

「どうしてる、彼女？」

「手首を切ろうとして、大崎先生に見破られたわ。沖田先生なら黙って見ていたでしょうけど」

「なぜだ？」

「まりこが手首を切ろうとしたこと？　滅びたがる人間って、いるのよ。あなたにも桜内にも、それはわからないと思うわ。同類だけが、わかるようなところがある。沖田先生は、自分の病気を発見した時に、自分のそういう部分に気づいてしまったのね。そういう沖田先生に出会って、まりこもまた気づいてしまった」

「あんたは？」

「あたしは、とうに気づいてるわ。なんとか、まっとうになろうとはしたんだけど」

「新興宗教だな」

「救いのためにあるんじゃないの、宗教って？」

「そうなのかな」

「ところで、どう？　痛くないの？」

「意地は、張り通すことにするよ」

喋っていても、痛みが紛れることはなかった。それでも、喋ることはできた。自分が、おかしなことを口走っているとも思わなかった。

「まりこに、謝っておいてくれ」

「なにを？」

「試すような結果になった」

「そういうところが、まともなのよ。幻ね、まりこは。そう思えない？」

「一年以上、一緒に暮したんだ」

「いい子よ、まりこは。あなたを好きだと思っていたころの自分の気持を大事にしようとして、ずいぶんと苦しんでたわ。ところが、強い男たちは、いつだって自分であり続けようとする闘いしかしない。あなただって、そうだったんでしょう」

「あんたと喋ってると、なんとなく自分が俗物に思えてくるな」

「まともと言いなさい。まともな人間のことを、俗物と言うの」

ちょっと笑って、山根知子は盆を抱えた。

「弱くなる必要はないわ、男はね。でも、弱いってことは、わかってあげた方がいいと思う。男だって、あなたや桜内みたいな人種ばかりじゃないの」

山根知子が出ていった。

俺はしばらく、ベッドに腰を降ろしたままじっとしていた。冷や汗が出てくる。この激しい痛みも、いつかは忘れてしまうのだろう。それも、遠くない日にだ。生きるということは、そういうことなのか。

ちょっと腰をねじると、背中にも痛みが走った。俺は、その痛みが、何年か前に体験したものであることに気づいた。肋骨が折れている。折れたまま、構わずに稽古を続けたこともある。つまりは、そういう痛みだった。

眠れなかった。

外の雨は、ようやくやんだようだ。雨音の代りに、波が打ち寄せる音が聞える。俺はそれに耳を傾けていた。相変らず、冷や汗は出てきた。点滴はもう中止している。小便の分が汗になって出ればいい、と俺は思った。

25 医師

痛みの峠(とうげ)を越えたと思ったのは、明け方だった。うとうととした。それだけでも、ずいぶん躰(からだ)は楽になった。

気づくと、沖田が部屋にいて、俺を見降ろしていた。明りはつけたままだったから、沖田の顔色の悪さは際立って、無気味な感じがするほどだった。

「なにか?」

「しのいだようだね」

「痛みってのは、その気になったら耐えられるもんですね。終ると思うことができれば」

「モルヒネなんか、打たなくてよかった。打てば楽になる。が、切れた時は苦しい。だからまた打つ。そのくり返しさ。そして痛みに敏感になるんだ。いまの君にとっては、取るに足りない痛みさえ、モルヒネが必要になってくる」

「でしょうね」

「私を、笑うといい」

「なぜ？」

「君と較べると、意気地がない」

「いろんなことを考えました。この街へ来てからね。いろんな人間にも出会った。ガキだったと思いますよ、自分のことを」

沖田の痛みは、終ることがない。ひと晩耐えればいいというものではないのだ。生きていることそのものが、痛みのようなものだろう。

「まりこを、許してやってくれないか」

「許さなきゃいけないようなことを、されたとは思ってません。本人が気に病んでいるようなら、つまらないことだと言ってください」

「私が、気に病んでいるよ」

「それも、おかしな話だ」

「はじめて会った時から、彼女が欲しくなった。これは愛情とは違うものかもしれない。

しかし、手に入れようとした。なりふり構わずね。そうすべきではなかったかもしれないと、思いはじめているよ」

「手首を切ろうとしたからですか？」

「私の痛みを、見ていられなくなったのさ」

「そうですか」

「愛しているかもしれない。自分では、病気を発見した時から、そういうものには無縁だと決めてかかっていたんだが」

沖田が煙草をくわえた。

錆色の痰を、俺はとっさに思い浮かべた。何度か煙を吐いても、沖田は咳をしなかった。

「朝は、煙草を喫っても咳が出なくてね。生理学的には、躰を動かしはじめた時が、一番咳が出やすいんだが」

「俺にも、一本いただけませんか」

「どうやって喫う気かね？」

「くわえたままにしますよ。灰が落ちるところに、灰皿を置いておけばいい」

「なるほど」

沖田は俺の唇に煙草を挟みこみ、火をつけた。煙を吐きながら、俺は上体を起こした。

腹筋はしっかりしている。手を使わなくても、躰は起こせた。

「なかなかいい。くわえ煙草ってのもね」

「やさしすぎる人だな」

「私がかね。笑わせるなよ」

「ふと、そんな気がしただけですがね。ほんとうは、やさしい。やさしすぎる。だから、自分の殻（から）から出ようとしない。まりこも山根さんも、無意識にそのやさしさを感じとっちまったんだ」

「よしてくれ」

「そうですね。それにしても、煙草ってやつは内臓にこたえるな」

「だから、喫いたがる人間が多いのさ」

「五十年対、何か月か」

「われわれに残された日の、比較かね？」

「比較にもなりませんね」

川中や宇野や叶が、なぜ必要以上に沖田を気にするのか、俺にもかすかにわかりかけてきた。蒲生という死んだ男は、きっかけにすぎなかったのかもしれない。どこかで、沖田の本質の中に、やさしさを見てしまったのだ。

「抗癌剤（こうがんざい）を、なぜ打つのだろうと思う。癌という動物に、餌（えさ）をやっているようなものなんだ。私のような状態になればね」

「医学的なことは、わかりませんよ」

「私も、ほとんどわかっちゃいない。確かなのは、癌を宿した人間が死ねば、癌も確実に死ぬということだ」

「勘弁してくださいよ、難しい言い方は。頭が回らない」

「言葉通りの意味なのさ」

灰皿に、灰が落ちた。赤ん坊が、涎を垂らすのに似ている、と俺は思った。

煙草を消すと、沖田はものうそうな仕草で椅子に腰を降ろした。じっと、俺を見ている。合った眼を、俺はそらした。何日か前までなら、決してそんなことはしなかっただろう。

「まりこは」

「彼女の話、もうやめませんか」

喋るたびに、俺の唇で火のついた煙草が動いた。まりこは、現代舞踏を諦めなければならない、なにかがあったはずだ。彼女自身で言ったこととは別の、なにかがあった。感じながら、俺はそれを確認しようとしなかった。結婚する相手が、毎日踊りまくっているようでは困るという気が、どこかにあったのだろう。しかし、そんなことが、大きな傷になってしまうのだろうか。

もっとほかに、俺のわからない部分をまりこが持っていたということか。パリで会った時も、帰国して再会した時も、一緒に暮している時も、まりこを格別弱い女だと思ったことはなかった。俺の感じられない弱さのようなものが、あったのだろうか。

「いま、言葉で言っても仕方がないが、私に残された時間がわずかだということで、ずいぶん勝手に振舞った。そうする権利があると、自分に思いこませようとした。若い人間を傷つける権利ぐらいあるんだとね」

「そうかな」

「思いこませようとしていたんだ。その上で、死んだ人間との約束を果たそうとも思った。蒲生は、私がここに病院を建てるのを、じっと待ってた。自分が病院に入りたいからじゃない。この海を、ほかの人間の手に渡したくなかったんだ」

「その話、この街で何度も聞きましたがね」

「なぜ、この街の人が、私を受け入れてくれたかわからない。この街の出身といっても、長く離れていて、戻ってくるのは年に一、二度だった。その時に、川中やキドニーには紹介されていたが」

　あんたのやさしさを、みんな感じとったのかもしれない、と俺は言いそうになった。やさしさというのは、見えるものでなく、感じるものだ。ようやく俺は、それを曖昧にだが感じはじめたのかもしれなかった。

「攫われたまりこを、君と叶さんが助けてくれたろう。まりこは、すぐにここへ戻ってきた。そして、私の顔を見て、にこりと笑ったんだ。あんな目に遭って戻ってきた娘がだよ。

私の肉体の痛みに、少しでも近づけたかもしれないというほほえみだった。あの笑顔を見た瞬間、私は自分の気持の底にあるものに気づいたような気がする」

「助けようとはするべきだ、とあの時は思いましたよ」

「心の痛みは、肉体の痛みを軽減させる。そういうものなんだ」

俺の煙草は、もう灰皿の中に吐き出されていた。煙はあがっていないから、うまく消えたらしい。

「こんな街へ戻ってくるんじゃなかった。まりことも、ただの客として接していればよかった」

俺は、この街が好きになりつつあった。

俺の生き方があり、まりこの生き方がある。その線のようなものが、一度だけ交差した。それが、一緒に暮した歳月ということになるのかもしれない。

「俺は、先生の言うことのすべてがわかったわけじゃない。だから、最初に言ったように、すべてを納得したとも思ってません」

「わかって欲しくて、語ったわけじゃないんだ。ただ、語る相手が欲しかった。いまの君は、そういう相手にしてもいいと思えてね」

躰の痛みは、まだあった。時々、左手の指さきが痛くなったりする。すでに魚に食われてしまったであろう自分の左手が、どんなふうだったのか、俺にははっきり思い浮かべることができなかった。

「毎日、いやがらせにやってくる連中のような人間ばかりなら、よかったと思うよ。私は、彼らと闘うような顔で、自分の痛みと闘うことができたからね」

「やつらも、おかしな人を相手にしちまったもんだ」

「諦めてはいないだろう。まだ、なにか起きる。私はやはり、この土地を売ろうとは考えていないから」

「起きた時のことでしょう。すべてが、起きた時のことだ」

「私を殺せばいいんだよ。そうすれば、この土地と病院建設の費用は、行先が決まっているんだから、絶対に手は出せない」

殺されることを前提で、沖田はこれまでじっとここで待っていたのかもしれない。そんな気もした。そして、俺以外のみんなは、わかるというより、それを感じていたのではないのか。

沖田の表情が歪(ゆが)んだ。ちょっと厳しい顔になったというくらいの変化だが、なにが起きているのか、俺にはわかった。

「痛いですか、先生？」

沖田が首を振る。

「モルヒネ、貰(もら)ってきましょうか」

「私も、意地を張るところがあってね」

「つまらないな。つまらないと思いはじめましたよ」

「大事なことだ」

「痛いって、言いませんか、二人で」

「二人で？」

「誰も、聞いちゃいない」

沖田の表情が、一瞬和やかなものになった。

「君は、痛いか？」

「とても。叫び声をあげそうな痛みが、時々襲ってきます。それも、どうしようもないんです。なくなった左手が痛いんだから」

「わかるよ。素人が聞けば冗談だと思うだろうが。そういうものなんだ。切断された神経が、そのさきのものを探している。だから、なくなった左手が痛いんだ」

「先生は？」

「痛いね。頭がおかしくなるんじゃないかと思うほど、痛む時がある」

俺が笑うと、沖田も笑った。

外が、ようやく明るくなりはじめていた。

晴れた日のようだ。

「痛い時は、痛いですよね、やっぱり」

「まったくだ」

「痛みってのが動物のようなものだとしたら、八ツ裂きにするか、持ってるもののすべてを餌に代えて飼い馴らすか、どっちかですね」

「君は、もう八ツ裂きにしつつあるじゃないか」

沖田の痛みは、分裂し、増殖するアメーバのようなものだろう。それに気づくと、黙るしかなかった。

「痛いと言って、気が楽になったよ」

「俺もです」

気が楽になったところで、沖田には次がある。俺の痛みは、次第に軽くなっていく。痛いと言うことは、沖田にとっては無意味なことだったのかもしれない。

俺に痛いと言わせるために、沖田は痛いと言ったのか。そんなことがあるだろうか。

「じゃ、ひと眠りするといい。目が醒めた時は、君の痛みはずいぶんと軽くなっているはずだ。食欲も出るだろう」

俺は、沖田が部屋を出ていってから、ベッドに横たわった。

眼を閉じてみる。ほんとうに、眠りが訪れてきそうだった。

26 パイプ

坂井がやってきた時、俺は岸壁を歩いていた。

「おまえの手は、もう魚が食っちまってる。探しても無駄さ」

「のどに骨をひっかけて、苦しんでいる魚がいないかと思ってな。なにしろ、バラバラに砕けた骨だ。間違って食っちまったやつもいるだろう。人間が、たまには魚に仕返しをしてやったっていい。子供のころ、俺はよく魚の骨をのどにひっかけて苦しんだよ」

「もう、痛かねえのかい？」

「痛いが、きのうよりは楽になった」

坂井が、煙草を俺の口に突っこんできた。左の肘(ひじ)や肩は動く。右の肩と指さきも動く。多少のことはそれでできたが、煙草は唇に挟んでいるしかなさそうだった。坂井が、文字を刻みこんだジッポで、俺の煙草に火をつけた。

「街じゃ、玉井の野郎が騒ぎはじめてる。ここが、伝染病の病院になるって噂(うわさ)を流して、市民に反対運動をさせようとしてんだ。下種(げす)の考えそうなことさ。今度のことじゃ、社長がちょっと入れこんでてな。玉井不動産に乗りこんでいって、玉井を殴り倒した。止めに行ったのが、誰だと思う。宇野さんさ」

「どうして、みんな病院のことじゃ一生懸命になるんだ？」

「社長は、なにかを見たんだよ。沖田さんがこの街に来た時、沖田さんの中になにかを見た。宇野さんもそうだと思う」

彼らが、ひそやかに持っている自分自身のやさしさに似たものを、沖田の中に見たのかもしれないと俺は思った。

「まりこって女が来た時、やっぱり社長や宇野さんの態度が違った。あの女の中にも、二人はなにかを見たんじゃないかと思う」

「川中さんって人は、荒っぽいこともするんだな」

「俺が、なぜあの店にいると思う。社長に命の借りがひとつある。差しで、俺は社長と殺し合いをしたんだ。『レナ』が新しくなる前だったがね。俺はぶちのめされた」

「おまえを、ぶちのめす男がいるのか？」

「藤木さんには、まったく歯が立たなかった。叶さんとだって差しじゃどうなるかわからねえよ。叶さんが銃を持ってたら、たとえ俺が大砲を持ってたって、勝つ見込みはねえがな。あの人たちだけじゃなく、遠山先生や沢村先生や秋山さんたちだって、すごい修羅場をくぐってる。そのくせ、ガキみてえにかわいいところをなくしちゃいねえ」

「俺は、この街が嫌いだったよ。けたくその悪い街だと思ってた」

煙草の灰が、俺の口もとからポトリと落ちた。煙は、風に流されて消えていく。春のようにうららかな日だが、海辺にはかすかな風があるらしい。

「右腕は、もとのように使えるようになる。桜内さんの手術は、絶対さ。何度も、信じられないようなことを、俺は見たよ。左手が駄目というのも、桜内さんがそう言ったら駄目なのさ」

「わかってる」

左手をなくしたことを、大して気にしていないと坂井に伝えたかったが、うまく言葉が見つからなかった。ほんのちょっと前までは、まっとうに会社勤めをし、結婚の準備までしていた男が、左手をなくして平気だと言っても、誰も信じはしないだろう。俺自身でさえ、信じられないくらいだ。

「どうなるんだ、これから？」

「どうもなりゃしねえだろう。おまえみたいに、引っ掻き回すやつが現われなきゃな」

隣りの敷地の工事も、今日はやっていない。だから、ヨットハーバー跡は静かだった。静かさの中で、ヨットハーバー跡が、沖田診療所になっていけばいい。

「見舞いに、来てくれたのか」

「昼間は、俺はやることがねえ。それに、ここは気になる場所でね。藤木さんが死んだのも、ここだったんだ」

「よほどの男だったらしいな、藤木って人は。何度も名前を聞く」

「極道の成れの果て。自分じゃそう言うだろう。はじめは、薄気味の悪い男だと思った。血を見ても、人が死ぬのを見ても、眉ひとつ動かさねえ。そうやって、ほんとうの自分を隠したりする人間もいるんだってことが、少しずつ俺にもわかりはじめてきた。そしたら、藤木さんも見えてきたよ」

「沖田さんを、俺はそんなふうに見ていたのかもしれない、と時々思うようになった」

俺はまた、岸壁を歩きはじめた。そうやって、せめて体力だけでも回復させておきたいと思った。腹が減る。食う。人の躰などというものは、それだけで充分力を取り戻してしまうのだ。岸壁を五、六度往復する間、坂井はずっと俺に付いてきた。まるで、俺がぶっ倒れるのを心配でもしているようだった。

部屋へ戻った。入院病棟はこれからだから、俺がいるのはやはり桜内の診察室だった。坂井はそこまで付いてきて、桜内としばらく喋っていた。

俺は、すぐに眠った。

目醒めると夜になっていて、桜内も坂井ももういなかった。俺が起きたのを見計らったように、山根知子が食事を運んできた。

躰を動かし、眠り、食う。それで、いためつけられた細胞が少しずつ入れ替り、新しいものになっていく。そんな気がした。山根知子が運んできたものを、俺は全部平らげた。

「小気味がいいくらいの回復力ね」

「俺には、あまり構わないでくれ。点滴ももういらない」

「けものが傷を治すようだ、と沖田先生が言ってたわ」

「自分で傷を舐めてるってことかな」

「モルヒネを打ってれば、今日もまだ苦しんでたわよ。痛みの本質をよく知ってて、本能的にそれにたちむかうとも言ってた。だから、苦しい時間が最も少なくて済むって」

沖田の痛みは、どういうたちむかい方をしても、やはり軽くなっていくことはないのだろう。その痛みのありようが、もしかすると川中や宇野の生のありようとどこか似通っているのかもしれない。

「俺が元気になったからって、夜中にベッドに潜りこんでくるなよ」

「男にはもう惚れない、と決める前だったら、危なかったかもね」

「俺は、桜内さんが好きだ」

「あたしもよ。嫌いになったたってわけじゃないの。自分の腿を、自分で切開して、銃弾を摘出できる人よ。そんな男が、この世に何人いて？」

「しょっちゅうそれをやってたら、遠からず死んじまうぜ」

「そうね。一度で充分なことよね。それを何度も求めてしまう。惚れた男にはね。だから、男に惚れちゃいけないと思ってる。桜内には、この街が合いすぎたのよ。なにも起きなくても、生き生きとしていられるの」

山根知子は、だから沖田に惹かれたのかもしれない。いまの沖田は、毎日自分で自分の肉体を切開しているようなものだろう。

俺は、坂井に貰った煙草をくわえた。右手の指さきに挟んだ煙草を、口まで持っていくことはできない。右腕は、胸のあたりまでしかあがらないのだ。手首のない左腕で右手を胸から上に持ちあげ、首を前に突き出してくわえるという、複雑なことをしなければならない。

「もう行ってくれないか。ひとりになりたいんだ」

「片手をなくした男が、そんなふうに言うと、なんとなく決まってしまうものね。手じゃなくて、もっと大事なものをなくしたみたいで」

白い歯を見せて、山根知子が笑った。俺は一瞬、まりこの笑顔を思い出した。同じ屋根の下にいる。しかし、ここに運びこまれてから、まだ一度もあっていない。

幻のような女だった、と思った方がいいのだろうか。一年以上も東京で一緒に暮したという現実でさえ、この街は淡い幻のようなものにしてしまう。

山根知子が、盆を抱えて出ていった。

ひとりになりたいのではなく、俺はほんとうは眠りたいのだった。煙草を灰皿に吐き出してベッドに横たわると、すぐに眠りに落ちていった。

十時間以上、俺は眠り続けたようだった。

外は、すでに明るくなっていた。

沖田が、建物のまわりを、ゆっくりした歩調で歩いていた。セーターにジーンズ姿のまりこが、脇で支えるようにしている。沖田の右手は腰を押さえていて、そこにひどい痛みがあるのだろうと、俺が見ているところからも想像できた。

俺は窓から離れた。

トイレへ行って、濃い尿を出した。もう、血の色はきれいに消えている。部屋に戻ると、山根知子がタオルを用意して待っていた。されるままになった。知子の仕草は、完璧に看護婦のそれだった。股間から尻まで拭われても、よせと言う気は起きない。

「髭は、どうする？」

「ギプスが取れるまで、蓄えることにする。髭が似合う顔かもしれないとは、前から思ってたんだ。いい機会さ」

気分はずっとよくなっていた。腹も減っているし、痛みは遠くなっている。沖田を見て気後れに似たものを感じたのは、そのせいかもしれない。

食事を終えたころ、パイプをくわえた宇野が入ってきた。なくなった俺の左手を見ても、なにも言おうとしない。

「ひどい顔をしてるな、おい」

顔の方を言った。実際、俺も鏡を見てびっくりしたほどだった。鼻に、しっかりとテーピングがしてある。鼻の穴に棒を二本突っこんで持ちあげ、陥没を修理したあとだ。腫れはいくらかひいたが、痣がひどく、顔全体がまだらになっていて、そこに無精髭が生えている。口を開くと、かけらのような前歯が歯茎に残っているだけだった。

「宇野さんも、腫れてますよ」

「日によって変るのが、俺の顔の特徴でね」

宇野が、濃い煙を吐いた。

俺がなぜ、玉井と取引まがいのことをしようとしたのか、誰も訊きはしない。訊かれても、うまく説明はできないだろう。

「噂ってやつは、まったく始末におえんな。否定すれば逆に疑われるし、放っておけば広まるばかりだ」

「伝染病の病院の話ですか」

「まるで、ここにデモでもかけてきそうな勢いさ」

「玉井の野郎、うまいことを考えたもんだ」

「沖田さんが、また住民運動の連中に会おうなんて言い出すし。いっそ法廷へ持ちこめば、簡単にケリがつくことだがね。噂にまともに対処しようとしている」

腰を押さえて、建物のまわりを歩いていた沖田の姿を、俺は思い浮かべた。

結局は、ひとりの医者が、その生の最後に病院を建てようとしているだけだ。まりこのことがあったから、俺は余計なことをいろいろと考えた。沖田の硬い姿勢に反撥もした。

「玉井がいなくなれば、噂は自然に消えちまうんでしょう？」

「おい、おかしなことを考えるなよ。これ以上の厄介はごめんだ」

「動けませんよ。頭の中で、いろいろ想像してみるだけです」

「川中が、厄介を起こしてな」

「玉井をぶん殴ったって話、ほんとなんですね」

「警察に通報されても仕方がないところだった。玉井の弱味を、俺はいくつか握ってたんでね。それでチャラさ」

「土地の話も、そいつを使えば簡単じゃないですか」

「沖田さんがいやがるだろう。ひそかにやったとしても、後でわかって傷つく。それに、俺の握ってる弱味なんて、高が川中のパンチ一発と引き換えられる程度のもんさ」

俺が煙草をくわえて火をつけるのを、宇野は興味深そうに眺めていた。

「川中さんとは、仲が悪いんでしょう」

「美津子って女がいた。いろいろあって、川中の弟の女房になった女だ」

「ほんとうは、宇野さんがその女を好きだったとか」

「好きだったよ」

宇野が、遠いところを見る眼をした。暗い眼が、吐き出されたパイプの煙でかすんだ。

二、三服喫っただけで、俺は灰皿に煙草を吐き出した。灰皿には水が入れてあって、じゅっという火の消える音がする。宇野のパイプに、煙草では対抗できないことを、すっかり忘れていた。
「俺だけじゃなく、川中さんと仲が悪い、川中も美津子を好きだった」

「川中さんと仲が悪い、ということの説明にはならないような気がするな」

「川中の弟は死んだ。俺が殺したようなものだ。それから美津子も死んだ。俺と川中が、二人で殺したようなもんだね」

「そうですか」

訊いてはならないことを、訊いてしまったような気がした。お互いに、思い出したくもないような傷を共有している。だから単純な友人ではいられない。そういうことなのだろうか。

「まりこって娘がこの街に来た時、美津子が戻ってきたのかと思ったよ。顔が似ているとか、そういうことじゃない。歳も違う。しかしまりこは、美津子みたいな女だ。俺も川中も、感覚としてそれがわかった」

「もういいですよ」

「そうだな」

「沖田さんとは、長いんですか、宇野さん？」

「二人とも、この街で生まれた。二人とも東京に出ていって、どうにもならない躰になって戻ってきた」

「聞いちゃいけないことばかり、訊いちまってるみたいだな、俺」

「同じ街で、代々生きてきた。世俗的な関係というやつは、いろいろあるようだがね」

「別に、変な意味で関心を持ったわけじゃないんです」

「いいよ。どんな質問も、なくなったおまえの左手に免じて許してやる。こんな話をするのは、実ははじめてさ。美津子という名前さえ、何年も口にしたことがなかった」

宇野は、まだパイプの煙を吐き続けている。尊大で横柄な感じさえするその香りが、俺はいくらか好きになりはじめていた。

27 幻

手術から五日経つと、痛みはもうすっかり消えていた。

俺は毎日岸壁を何往復もし、膝や腰の運動もそれに加えた。街でなにが起きているのか、気にならないわけではなかったが、出かけていったところで、なにかできるような躰ではなかった。

二時間余りの運動をこなすと、岸壁に腰を降ろして海を眺めるのが、俺の習慣になりつつあった。もう正月まで二週間という時期で、街は慌ただしい活気に満ちているに違いないが、俺の生活はうんざりするほどのんびりしたものだった。

一度、廊下でまりこと正面からむかい合ったことがある。なにかがふっ切れたのか、心に響くものはなにもなかった。やあ、とだけ俺は言い、まりこはかすかに頷いた。

十九日も晴れていた。一度激しい雨が降ってからは、空気が水気をなくしてしまったように、晴れた日が続いている。

運動を終えると、俺はいつものように岸壁に腰を降ろした。かすかに、肌が汗ばんでいる。

海が、俺のなにかを和ませた。心で吼えているけものが、静かな眼ざしで沈黙する。それが、はっきり感じられるような気がした。吼えたがれば、海にむかって吼えさせればいい。しかしいま、俺のけものは吼えようとさえしていない。

冬の海と潮の匂いが、好きになりそうだった。

背後から声をかけられた。ふりむいても、肋骨は大して痛まなくなっている。

川中だった。タータンチェックの上着に、黒いシャツ。この男がネクタイをぶらさげているところは、見たことがない。

「だいぶよさそうだな。しかし、手は生えてはこないか」

川中は、俺と並んで岸壁に腰を降ろした。しばらく、黙って海を見つめている。

俺は煙草をくわえ、ジッポで火をつけた。肩まであったギプスを少し切り取って貰ったので、右腕はなんとか顔に届くようになった。くわえ煙草でいなくても済むし、練習してジッポも使えるようになった。

「義手を造ってくれるやつがいる。うちの客の人形師だがね。実に生々しい人形を造る。その男に、左手をひとつ註文しておいたよ」

「どういうことですか？」

「フロアマネージャーに左手がないと、客は気味悪がるだろう」

「雇われる、と言った憶えはありませんよ」

「しかし、俺はもう決めた」

「助け出して貰った借りはありますが」

「そんなことを言ってるんじゃない。おまえはうちのフロアマネージャーをやりたがってるさ。それに気づいてないから、俺はただ教えてやってるだけだ」

「人がいないなら、川中さんがやればいいじゃないですか」

「俺が、客の応対にむくと思うかね。おまえが適当だろうと、坂井も言ってる」

「勝手な人だ」

「昔から、みんな俺の勝手を許してくれたよ。もっとも、俺が勝手を言う人間ってのは、かぎられていてね」

「どんなふうにです？」

「どう生きていいかわからなくて、右往左往しているやつだけだ」

俺は、煙草を指で弾き飛ばした。海にではない。岸壁の上にだ。海に煙草を捨てるのに、抵抗を覚えるようになっている。岸壁に散らばった吸殻は、運動の時に拾い集めるのだ。指にかなり力が入るようになっていることを、俺は吸殻が飛んだ距離で測った。

「めずらしいですね、川中さんがここへ来るのは」

「キドニーと会うからさ」

「宇野さんは、このところ毎日です」

「はじめは、沖田さんを試すような、意地の悪い部分を丸出しにした。キドニーも、すぐというわけではないが、躰に危険を抱えこんでいる。沖田さんが、自分の癌をひけらかしていると思えたんだろうな」

「そういえば、俺もリトマス試験紙だと言われましたよ。俺がまりこを奪い返した時に、沖田さんが本物かどうか見えてくるってね」

「どうしようもなく、本物なのさ、あの人は。キドニーにも、それはわかってる。わかっていながら、ジタバタするのがあいつの癖でね。ジタバタしながら、行き着くべきところへ行き着いちまう。最後の命を燃やそうとして、沖田さんはここへ帰ってきた。それで一番胸を打たれたのも、キドニーのはずだ」

「いまは、入れこんでますね」

「あいつでなけりゃ、解決できないことが多い。市民運動の団体との交渉なんて、俺にはとてもできんよ」

「沖田さんも、街に出かけたみたいだったけど」

「俺が、いま連れ帰ったところさ。市民団体と、自分が話し合うというんだ」

「そうすればいいじゃないですか」

「むこうにも専門家がいる。それを玉井が動かしているんだ。伝染病も立派な病気だ、と沖田さんは言っちまうよ。ほんとうのことを言っちまう。伝染病の患者が出たら、入院させるとね。むこうは、そこを衝いてくる。老人病院という名目で、実は伝染病を扱うところだとな。いたずらに、市民団体を煽る結果にしかならんさ」

　川中が煙草をくわえた。俺の代りにくわえ煙草をやっている。

「むこうは、実は二段に構えていてね」

　くわえ煙草で喋る川中の声は、ちょっと聞きづらかった。

「一方に市民運動がある。もう一方で、専門家を送りこんできている。破壊の専門家さ。最終段階では、沖田さんはおろか、障害になる人間は全部始末する気だ」

「そんな馬鹿な」

「調べだけはついてる。軍隊経験もあるやつが混じっているそうだ。全部で五人。その中の二人は、すでに叶が始末した」

　俺が、のどかに躰を休めている間に、街ではとんでもないことが起きていたようだ。

「沖田さんは、ここから出ない方がいい。それで俺が送ってきた。いま玉井を使っている男は、それくらいのことは平気でやるだろう」

「しかし、こんな土地に」

「リゾートホテルでもマンションでもなく、別のものに使う計画があるようだ。それがなんなのかはわからん。多分、政府の中枢と結びついているんだろう」

「大袈裟な話だ」

「そう、実際、馬鹿げてる。市民はなにも知らんが、裏では戦争がはじまっちまってる。沖田さんも、それに気づいちまった」

「ここは、安全なんですか?」

「怖いのか? はじめて俺と会った時、おまえは鼻の穴をふくらませていたぞ。威勢のいいのが来たもんだと思った。高が女ひとりを取り返すのに、それだけ肚を据えてくるやつはいない」

「すぐ砕けましたがね」

「おまえには、あの娘の純粋さがよくわかっていなかったようだな。真っ白だよ、あの娘は。男が奪い合いをしちゃいけない女ってのが、稀にいる。それがわからなかったから、すぐに腰が砕けたのさ」

「一年以上、一緒に暮しました」

「時間の問題じゃない。時間をかけりゃ、あの娘の純粋なやさしさがわかるってもんじゃないんだ。おまえの心の問題さ」

「だから」

俺は手のない左腕で、右腕のギプスを掻こうとした。ギプスの中が、痒くなっている。

「だから、一緒に暮した時間が、いまじゃほんとにあったことなのかどうか、わからなくなっちまってます」

「なかったんだよ、そんな時間は」

「幻だったんですか、やっぱり。そんな気持になることがよくありましてね」

「幻さ」

川中が、続けざまに煙草に火をつけた。

俺は、防波堤の外の海面が、白く泡立つのを見ていた。海が荒れはじめている。牙を剝いたというところだ。泡立っている海面の下には、暗礁があるらしい。

「過ぎた時間は、幻だったと思うことだ。でなけりゃ、やっていけんよ」

海を見ている川中の眼は、はっとするほど暗かった。幻が、人の眼を暗くすることはないだろう。それでも、幻だったと思い定めようとする。過去というのは、それほど厄介なものなのだろうか。

「俺、ガキですよね、まだ」

「男さ」

「そうなりたい、と思いますよ」

「左手に、義手をつけてみるんだな。殴られようが切られようが、痛くもない。そんなものを持ってるのを、男というんだ」

川中が好きになった。なぜだかわからないが、好きになった。繃帯もギプスもとれたころ、俺は多分『ブラディ・ドール』のフロアマネージャーをやっているだろう。

「病院、ほんとにできるんですか？」

「できるさ。しかし」

その時、沖田は死んでいる、という言葉を川中は呑みこんだようだった。

俺はまた、泡立つ海面に眼をやった。なにかが、暴れはじめている。俺の中で、咆え声をあげようとしている。

「診療所のままでもいいのに」

「命を燃やしてる。病院が、沖田さんに残された、最後の炎みたいなもんさ」

「ちくしょう」

「考えるなよ。考えるんじゃない」

川中が腰をあげた。俺も立ちあがった。大きな男だ。はじめて思った。

「終れば幻になっていく。だから、いまだけでいいのさ。沖田さんについては、俺はそう思うことに決めた」

「そうですか」

「キドニーもそうさ」

歩きかけた川中が、一度足を止めた。

「ここは、叶が使ってる若い連中が見張ってる。ただ、専門家が相手じゃ、頼りにはならんよ。三人残っているそうだからな」

「俺がいますよ」

「そうだ。それでいい」

大股(おおまた)に、川中は歩み去っていった。

しばらくして、ポルシェ911ターボの、独特のエンジン音が聞えてきた。

28　身代り

まりこの声がした。

沖田を呼んでいる。めずらしいことだ。

俺はベッドから身を起こし、時計を見た。午後十時。部屋のドアが開き、まりこが顔を出した。眼は俺を見ていない。部屋をめぐっただけだ。

「どうしたんだよ？」

「先生は？」

「いなくなっちまったのか？」

俺は舌打ちをし、玄関から外へ出た。白いクラウンがいない。病院の車ということになっているが、誰も乗る者はいなかった。以前は、まりこが街に買い出しに行く時にでも使っていたのか。

山根知子も起き出してきた。

「ドライブをしたくなったってこと、あるかしら」

「そんな。車で走りたい時は、いつもあたしにおっしゃったわ」

俺は電話に手をのばした。右手の指さきで番号をプッシュする間、受話器は顎(あご)に挟んでいた。

「坂井を頼む。下村だと言ってくれ」

それほど待たずに、坂井が出た。

「社長の行先は、わかりかねますが」

そばに客がいるのか、坂井の口調は馬鹿丁寧だった。

「白いクラウンだ。知ってるだろう。どうやって捜せばいい？」

「宇野法律事務所の方にでもかけてみていただけますか。そこで、なにか教えてくれるはずです」

そばで聞いていた山根知子が、すぐに番号をプッシュした。何度コールしても、誰も出なかった。次に、桜内の部屋の番号を回した。

「沖田さんがいないって？」

桜内も、行先を知らないようだ。川中や宇野への連絡を頼んで、俺は受話器を置いた。

「どういうことなんだ？」

「眼を醒したら、いなかったわ。黙って出かけるはずなんてないから、待ってたの。前に、敬ちゃんのところで話しこんでたこともあったでしょう」

手術の翌朝のことだ。お互いに、痛いと言い合った。あの時沖田は、俺の痛みを心配して様子を見にきていたのかもしれない。

「十分経っても、二十分経っても戻ってこないし、とうとう心配になって」

「モルヒネが二本、消えてるわ。注射器もね。出先で痛みが来たら、打つつもりなのよ。先生」

ダイニングテーブルの上に、薬の箱を出して、山根知子が言った。

待つしか、方法はなかった。

三十分ほどして、桜内が飛びこんできた。

「山根さんとまりこは、沖田さんの部屋ですよ」

首を振りながら、俺は言った。

「モルヒネが二本無いそうです」

「キドニーとは連絡がとれた。市民団体の代表者に会いに行ったんじゃないか、とやつは言ってたよ。まずいことに、そいつには玉井の息がかかってる」

「どうすればいいんです？」

「キドニーが手を打つさ。沖田さんがどこへ行こうと、行ったことをわれわれが知っていれば、むこうもうかつには手を出せないだろう」

「運転は、大丈夫なのかな」

「意識を失うことはない。痛みがハンドルを誤らせないことを祈ろう」

「外で見張ってた連中がいるって話だったけど」

桜内と俺は、医者と患者のようにむき合って腰を降ろした。どちらからともなく、煙草をくわえる。桜内が火を出してきた。

十五分ほどして、電話が鳴った。桜内の口調から、相手がキドニーだということがわかった。

「叶のとこの見張りの連中が、白いクラウンが出ていくのは確認してる。ただ、出ていった車だから、さらにそれを尾行するというほどの、人手はなかったらしい。沖田さんが車で出ていくということは、誰の頭にもなかったからな」

「叶さんとも、連絡はついたんですね」

「川中ともついてる。すぐに見つかると思うよ。ただ、市民団体の代表が、ずっと留守らしいんだな」

「玉井を攫ってきて、締めあげてみちゃどうだろう。ああいうタイプの男は、すぐに吐きそうだけどな」

「なにかが起きた、とはまだ決まってない。沖田さんは、フラリと帰ってくるかもしれないんだぞ」

確かに、桜内の言う通りだった。しかし、川中が沖田をここへ連れ戻したのは、今日の昼間のことだった。沖田は、危険を充分承知していたはずだ。なにかが起こることも覚悟の上で、出かけていったと考えていた方がいい。

煙草が、灰になった。次の煙草は、どちらもくわえなかった。

夜中の十二時になろうとしている。

俺は、ギプスの右腕をテーブルに軽く打ちつけた。桜内は黙ってそれを見ている。波の音が聞えてきた。いつもより、いくらか大きな音だ。やはり海は荒れているのだと、俺はぼんやりと考えた。

　山根知子が入ってきた。

「あの娘はどうしてる？」

「じっとしてるわ。ほとんど身動きもしないで。祈ってるんじゃないかと思う」

「そばにいてやった方がいいな」

「わかってるわ。でも、ちょっと息苦しくなったの」

「コーヒーでも飲んでから、もう一度行ってやれよ」

「まりこは、沖田先生がなぜ自分を連れていかなかったのかも、よくわかってるわ。でも沖田先生は、まりこを連れていくべきだった」

　山根知子は、テーブルに置かれた桜内の煙草に手をのばした。火のつけ方は、ちょっと崩れたような仕草だ。

「沖田先生の方には、まりこに対して恋愛感情に似たものがあるわ。なんとか、それを打ち消そうともしてた。あたしが寝てるところに夜中にやってきたりしてね。抱こうとしても抱けないの。あたしができるだけ協力しても、やっぱり駄目だった」

「おまえのテクニックをもってしてもか」

「つまりは、テクニックなんかの問題じゃないのね。出ていく前に、沖田先生はまりこを抱いたみたいよ。久しぶりにね。それで、まりこはちょっとだけ眠ってしまった」

　沖田がまりこを抱いたと聞いても、俺の心はどんなふうにも動かなかった。抱いてから出ていったというのは、どういうことだろうと思っただけだ。

黙ったまま、山根知子はしばらく煙草の煙を見つめていた。

「沢山血が流れそうな気がする」

「よしてくれ。おまえの予感ってやつは、当たるから始末に悪い」

「もう、言わないわ」

「俺は飛ばないぜ。おまえが期待するような飛び方は、もうしない。俺にとっては、一度だけ意味のあることだったんだ」

「一度、あなたは自分を投げ出した。あたしを好きかどうか確かめるためにね。それだけでも、充分すぎるくらいよ」

煙草を消し、山根知子が腰をあげる。

「もう、男に惚れるのはやめにしたわ」

「決めるなよ」

「いまだけよ、決めてるのは。あたしがどんな女だか、あなたが一番知っているじゃないの」

桜内が、ちょっと肩を竦めたようだった。山根知子が出ていった。灰皿の吸殻が消えきらず、煙をあげている。桜内はそれを、丁寧に消し直した。

俺は窓際に立って、暗い外を見つめた。外は見えず、ガラスに映った自分の顔や部屋の中の様子が見えるだけだった。

「あれは、以前やくざ者の女でね。やくざは女を躰で繋ぎ止めておこうとする。それで、あらゆることを仕込まれたんだ。ベッドテクニックに関しては、あれの上をいく女は、そうはいないだろう」

「そんなこと、なぜ俺に？」

「あれだけのテクニックを持っていながら、淫らな女じゃない。そこが、あれのかわいそうなところさ」

「やくざ者の男は？」

「死んだそうだ。命を棒に振ってね。俺は会ったことがないが、この街で知っているやつは多いだろう」

「つらいもんですね」

「なにが？」

「なんとなく」

「そうだな。俺も時々、ふっとそんな気分に襲われることがある。そうなると、本気で自分を投げ出すことなど、できはしなくなるもんだよ」

外は静かだった。

いつの間にか十二時を回り、十二時半になろうとしていた。

車の音がして、俺と桜内は同時に顔をあげた。

シトロエンの、黄色いヘッドランプだった。運転しているのは宇野で、助手席に乗っているのは沖田だった。

「帰ってきた」

俺は、ヘッドライトの明りの中に出ていった。車が停まると、助手席の方へ回る。

「走ったのが、こたえたみたいなんだ。みてやってくれ、ドク」

車から降りてきた宇野が言った。桜内が、抱くようにして沖田を車から出した。軽い躰のようだ。見かけより、ずっと痩せてしまっているのかもしれない。

「誰なんだ？」

かすかに眼を開いた沖田が言う。

「桜内ですよ」

「違う。あの男だ」

「とにかく、中へ入りましょう」

宇野は、道路の方を気にしていた。道路は暗く静かで、車も通っていない。

桜内が宇野を呼んだ。宇野は、もう一度道路の方をふり返ってから、建物の中に入ってきた。沖田は、自分の診察室に運ばれ、ベッドに横たえられている。

「誰のことを、沖田さんは気にしてるんだ、キドニー？」

「俺にもわからん。沖田さんを庇うようにして撃たれた男がいるらしいんだ」

宇野が、道路の方を気にしていたわけがわかった。

「その男が、どの程度の傷を負ったのか、それからどうなったのかも、わからん。街は静かなものさ、一発の銃声がした以外は」

山根知子が点滴の準備をし、まりこはベッドのそばにかがみこんで、沖田の手を握っていた。

撃たれたのは、川中かもしれない、と俺は考えていた。あの男なら、死にはしないだろう。あんな男が、死ぬはずはない。

不意に俺は、十数年前に、まったく同じことを考えたことを思い出した。親父が死んだ時だ。死ぬはずはない。死なないほど強い人間が、この世には絶対いる。理不尽とわかりながら、俺はそう信じようとしていた。

「痛みますか、沖田さん」

「放っておいてくれ」

沖田の声は、いつになく険しかった。

「なぜ、私を庇わなければならん。今日助けても、明日は死ぬかもしれない男のために、なぜ身代りになったりする？」

「あなたに、生きて欲しかったからでしょう」

「意味があることかね、それは?」

「その男にとっては、多分」

桜内が、痩せて皺だらけの沖田の腕に、点滴の針を刺した。

「私には、納得できん。やってはならないことだ」

「やってしまった。仕方がないでしょう」

沖田が眼を閉じる。

痛みは、いまの沖田にとっては、むしろ望んでいることなのかもしれない。山根知子が用意したモルヒネに、桜内は手を出そうとはしなかった。

29　幕

遠い地響きのような音がした。

フェラーリのエンジン音だということを、俺はすぐに感じとった。

海沿いの道を、すさまじいスピードで突っ走ってくる。音が、大きくなってきた。コーナーでは、対向車の有無も考えずに振り回しているのだろう。視認したライトが、沖田診療所の前まで近づいてくる時間が、異常に短かった。

敷地へ入る直前でフル・ブレーキをかける音がし、一瞬闇に火が走った。入ってくる。

続けざまのシフトダウン。ブレーキ。

飛び出してきたのは、川中だった。助手席に回り、男の躰を担ぎあげた。

「ドク、なんとかしろ。なんとかしてくれ」

男が流す血で、川中のシャツは赤く染まっている。男は叶だった。

「そのまま連れてこい、俺の部屋へ」

桜内が走った。靴も脱がず、ズカズカと川中は入ってきた。

ベッドに横たえられた叶の顔色は、ひどく白い色に見えた。

「助けろよ、ドク。なんとかしろ」

桜内のメスが、素早く叶のシャツを切り裂いた。アルコール綿で、山根知子が血を拭っていく。傷口はひとつだけだった。

「麻酔はかけるなよ、ドク」

叶が言った。眼は閉じたままだ。

「眠ったままくたばりたくないんでね。傷がどんなものだかは、撃たれた時にわかった」

喋るたびに、叶の口からは血が流れ出していた。

「動かなければ、助けられた」

「いいんだよ。あいつを追いかけないことには、俺の気が済まなかった。この傷だから、始末するのに苦労したがね」

「喋るな」

「最後だ。好きなだけ喋らせろ。俺が沈黙のもたらすものに耐えられないことを、おまえだって知ってるだろう」

「苦しくなるぞ」

「俺は、お喋りな殺し屋さ。くたばる時だって、喋っているべきだと思わないか。東京から来た五人のプロを、全部始末はできなかった。川中、キドニー、聞いてるな」

「ああ」

二人が同時に言った。

「四人、始末したよ。ひとり残ってる。そいつは、爆破のプロだ。いいか、憶えておけよ。爆破のプロなんだ」

「四人のプロを始末したというのは、上出来だよ」

「五人目が残った。仕事を完璧にできない時は、こちらが死ぬ。殺し屋ってのは、そういうもんさ」

また、叶の口から血が溢れ出してきた。

後ろから、俺の躰が押しのけられた。沖田だった。じっと叶を見つめたまま、近づいていく。

「なぜ、私の身代りになった、叶くん？」

「仕事をしただけですよ」

「無駄な、意味のない仕事じゃないか」

「先生が、病院を造ろうって仕事はどうなんです。先生が自分でその仕事をやろうとしてるってことは。無駄なことなんて、ありゃしませんよ。いつだって、まわりの人間がすべてを無駄にするんだ。殺し屋にはめずらしく、俺には友だちが何人かいましてね。そいつらがいるかぎり、俺がやったことは無駄にはならない」

「そういうものか」

叶の口から溢れてきた血を、沖田は自分の手で拭いとった。

「先生の仕事だって、そうです」

「ありがとう」

「俺は、先生の身代りになったわけじゃない。先生の人生に、まだ幕を降ろす時間が来てなかったってだけのことです。そういうものです。先生は、もう一度輝けますよ」

「そうか」

叶の表情が、ひどく歪んだ。

「モルヒネを打つよ、叶くん」

「ごめんだな、勘弁してください」

「私には、君にモルヒネを打つ権利があると思う。私にだけはね。これは、私が打とうとしていたモルヒネだ」

「先生の分は？」

「いらんよ」

「打って貰うかな。その前に言っておきますが、川中やキドニーには気をつけることです。病院ができた時、先生の名前などなくて、川中とキドニーが牛耳ってるかもしれない。桜内も要注意です。院長を狙ってますからね」

「最後まで、よく喋る男だ」

川中が言った。叶は眼だけを動かしたようだった。

「川中、レーサーになれるぜ。俺のフェラーリは、坂井にやってくれ。あいつが、一番大事にしてくれそうだ」

「わかった。おまえの金魚は、俺が引き受けよう」

「この街で、俺の芝居の幕が降ろせて、よかったよ」

叶の表情が、また歪んだ。口から溢れ出した血は、おびただしいものだ。代りに、傷口は肉が露出したままだった。傷口からの出血が、すべて口にまわっているという感じだ。

沖田が、叶の腕にモルヒネを打った。

それから十分ほど、叶は安らかな寝息をたてていた。それが次第に弱々しくなり、途切れ、死んでいった。

川中とキドニーが、部屋を出ていった。桜内は、叶の眼にペンライトの光を当てている。

「男は、こうやって死ぬんだ」

桜内が呟いた。

沖田は、叶の脇に立ってじっと死に顔を見つめている。

俺は、どこにも行くところがなかった。ダイニングテーブルでは、川中とキドニーがむかい合って腰を降ろし、沈黙している。

サンダルをつっかけて、外に出た。

波の音に引かれるように、岸壁まで歩いた。打ち寄せた波が、時々飛沫を散らせ、岸壁を濡らしているようだった。

なにも考えずに、そこに立っていた。いつの間にか、一時間以上経っている。ズボンの裾が、飛沫で濡れていた。

ダイニングテーブルで、三人が酒を飲んでいた。

通りすぎようとした俺を、キドニーが呼び止める。

「おまえも飲めよ、下村」

「入っていいですか、俺も?」

「当たり前さ」

黙って、川中がプラスチックの湯呑みにウイスキーを注いだ。

「キドニーの岩に、腰かける権利を持った男が、ひとり減ったな」

川中が言った。宇野が買った岩場のある海際の土地に、椅子に似た岩があると教えてくれたのは、坂井だった。誰と誰が、そこに腰かける権利を持っているのかは知らない。叶はそれを持っていたのだろう。

「先生は？」

「ベッドに行った。眠れるはずはないが、そこでじっとしているしかないだろう」

「モルヒネは、やっぱり打たないんですね」

「自分の分を、叶に打ったのさ。いくらでもあるがね。打つ量は決めてる。自分で決めたんだ。それを叶に打てば、自分のものはないわけさ」

「そうですか」

煙草の煙が、部屋に充満していた。俺は立ちあがり、窓を少し開いた。

「叶の女には、誰が知らせる？」

宇野が言った。

「医者の仕事だ」

「川中がやるべきだろう。現場にいたわけだからな」

「そのままを、喋れると思うのか。嘘をつくなら、弁護士だな」

「待てよ」

「カードがある」

桜内が立ちあがり、抽出(ひきだし)を探ってカードを持ってきた。俺は、湯呑みのウイスキーを口に流しこんだ。のどと胃が灼(や)けた。

黙ったまま、三人はカードのやり取りをはじめた。どういうゲームなのか、見ている俺にはわからなかった。

おかしな三人だった。ひと言も喋らず、ただ交互にカードを繰っている。

「やっぱりおまえだ、キドニー」

川中が言った。宇野はなにも言わなかった。消えたパイプに、もう一度火を入れただけだ。

「秋山のとこのクルーザーの調子が、あまりよくないらしい」

川中が関係ないことを喋りはじめた。桜内が頷いている。

「ドックが満杯で、修理に時間がかかる。その間、俺のクルーザーを貸すことにした」

「秋山は、なぜかあの古いクルーザーにこだわってるな」

「船も、女と同じさ」

パイプの煙を吐きながら、宇野が言った。

俺は湯呑みのウイスキーを空けた。三人とも、それ以上クルーザーの話をするでもなかった。川中と桜内は、俺が見ていただけでも、湯呑みに三杯のウイスキーを飲んだ。めずらしく、宇野も唇を湿らせるだけではなく、少しだが飲んでいるようだ。

ひとりの男が死んだ。

三人の仕草を見ていると、なぜかそれがはっきりとわかった。かすかな酔いが、俺の手首の傷を疼かせはじめている。もっと痛くなればいい、と俺は思った。

「ひとり、残っているのか」

ポツリと川中が言った。東京からやってきた専門家の話だろう。そういう種類の人間は、どこにもいる。パリの暗黒街にも、俺のように拳専門の用心棒から、ロングライフルを使うスナイパーまで揃っていたものだ。ほんとうは、もっと専門的な人間もいたのかもしれない。

「爆破の専門家じゃ、なかなかひとり仕事は難しいだろう」

桜内が言ったが、川中も宇野も黙っていた。ひとり仕事はむしろ難しくないのではないか、と俺は思った。車の電気系統に起爆装置を連動させ、イグニッションをオンにした瞬間に車ごと人間を吹っ飛ばすというような方法は、素人の俺でも思いつく。

俺は、ギプスのさきから出ている右手の指に、煙草を挟んだ。ジッポで火をつける。宇野が、俺の仕草をぼんやり眺めていた。

波の音が聞え続けている。窓を少し開けてあるので、いつもよりさらに大きく聞える。四人とも、黙ってそれに耳を傾けはじめた。

30 遠い光

沖田診療所の前も、警察車が走り回っていた。

なにしろ、この街で屍体が四つも発見されたのだ。その数に、叶の屍体は入っていない。叶が死んだかどうかさえ、警察は摑んでいないはずだ。叶の屍体は、そのまま荼毘に回されるようだった。そのために必要な死亡診断書は、沖田か桜内が書くのだろう。

叶が使っていた若い連中が、バイクや車で集まってきた。八人ほどいる。その連中が連れてきた葬儀屋が、叶の屍体を棺桶に移した。形ばかりの葬儀だった。坊主の読経もなく、線香の匂いも流れなかった。沖田や桜内は白衣のままで、川中も宇野も秋山もやってこなかった。坂井もいない。船を出したのだ、と桜内は言った。

外洋を突っ走りながら、川中がなにをやるのか、俺は訊かなかった。ライフルでも撃つのかもしれない。人にはそれぞれの弔い方というものがある。

正午前には、すべてが終っていた。

俺はいつものように岸壁を歩き、しばらく海を眺めていた。

街では、なにか起きているのかもしれない。それも、沖田診療所までは伝わってこなかった。

隣りの敷地では、なぜかまた朝から、工事を再開している。ブルドーザーが動き、人も十人ほどいた。それでもまだ造成の段階で、どんな建物が建てられるのか見当もつかない。

三時過ぎに、桜内が俺の手首の傷を点検した。俺も覗いてみたが、皮膚が切口の真中に寄せ集められ、中華饅頭に薄赤く着色したようにしかみえなかった。他人の躰を見ているようだ。

「手首から上の筋肉は、全部使える。あと一週間で、繃帯は取っていい。義手が付けやすいように切ってやったからな。鉄鉤だってなんだって付けられるぞ」

「右腕は？」

「ギプスはまだ取れん。寄せ集めた骨が、海綿状にくっついてるだけだからな。肋骨の方は、もう大丈夫だろう。躰の造りが下等にできてるんで、回復も動物並みに早い」

鼻のテーピングははずされた。どこが陥没していたのか、見ただけではわからない。あとは、歯医者で、頑丈な差し歯を作ればいいだけだ。

顔の痣は、一度さらに濃くなり、それから顔色に溶けこむように薄くなった。もう、あまり目立たない。

桜内も、叶の話はもうしなかった。沖田とまりこは部屋に籠りきりで、山根知子は内科の大崎ひろ子と話しこんでいる。

土曜日だった。

なにか起きるにしたところで、せめてギプスが取れてからにして欲しい。このままでは、なにもできはしない。

電話があったのは、午後五時を過ぎてからだった。

「坂井をそっちへやった」

「なにがあったんですか？」

「あまり気にするな。沖田さんを、外へ連れ出せるか？」

川中の口調は、それほど慌てているようではなかった。俺はそれで、むしろ切迫したような気分になった。川中のような男は、ほんとうに危険な状態の時は、落ち着いてゆったりしているに違いない。

「理由がなけりゃ、無理でしょうね」

「爆弾さ。うちの店に仕掛けてあった。六時四十五分に爆発するようにな。つまり、確実に俺がいる時間にだ」

爆破の専門家は、忍びこみの専門家でもあるのか。川中は、沖田診療所にも爆弾が仕掛けられているという可能性を考えているようだった。

「沖田さんを連れ出せないなら、さりげなく調べてみてくれ。うちの店は、ピアノの中に仕掛けてあったんだ。沢村先生が、客がいない時に弾こうとして、いつもと音が違うことに気づいたんだよ」

「調べてみます。でも、さりげなくというのは、難しい」
「なにかあるような気がしたら、六時半前に沖田さんを外に引っ張り出せ。担いでいって
も構わんぞ」
桜内も大崎ひろ子も、もう帰っていた。坂井が来るまで、山根知子と俺で捜すしかない
だろう。
電話を切ると、俺は山根知子を部屋に呼んだ。桜内の診療室が、いまではすっかり俺の
部屋のようになっている。
「気づくと思うわ。それでも、やるしかないわね」
事情を説明すると、山根知子は冷静な表情で言った。病人というのは、多分敏感なもの
なのだろう。たとえ俺と知子でも、家捜しのような真似をすれば、変だと思うに違いない。
「仕方がない。俺たちで捜せるところは捜そう。天井裏とか床下とか、そんなとこは坂井
が来てから頼む」
六時四十五分に爆発というと、それほど時間はない。俺は、完全に暗くならないうちに、
建物の外周を調べた。毎日歩いている。見馴れないものを捜すことだった。
五時半を回ったころ、ポルシェ911ターボが飛びこんできた。
「外にはないと思う」
言うと、坂井は頷いた。玄関から調べはじめる。午前中、人の出入りはあったのだ。

坂井が、天井に潜りこんだ。

「爆弾だそうだね」

俺が、書類棚を下から調べていると、沖田が入ってきて言った。まりこが、沖田の躰を支えるようにして付いている。

「できたら、外で待っててくれませんか。クラウンがかえってきてるし、エンジンをかけて車の中にいれば寒くない」

「見つかったら、そうしよう」

「見つからないかもしれないんですよ」

「私も、君たちと一緒に捜すべきさ」

沖田は、それ以上のことを俺に言わせようとしなかった。俺たちが避難しないかぎり、沖田も外へ出るとは言わないだろう。

電話。川中だった。

「そっちにも、仕掛けられた可能性が強い。キドニーの事務所でも見つかった。やはり、六時四十五分だ。その時間に、キドニーは人と会う約束があった」

「じゃ、客ともども、吹っ飛ばす気だったんだ」

「来る気のない客さ。玉井を背後で操ってる男が、面会を申しこんでいる。六時半に、キドニーの事務所ってことでな」

「宇野さんのところは、どこにありました？」

「本棚だ。法律書の裏側に隠されてた。そんなに複雑なところには、隠す余裕もなかったんだろう」

「ひとつだけなんでしょうね」

「大量に爆薬を用意してたとは思えんが、店は俺と沢村先生で捜してる。キドニーも、いまごろ床を這いずり回ってるだろう。とにかく、みんな吹っ飛ばす気だ。そこにもあると思う。ないって方が変だ」

「わかりました」

六時四十五分という意味を、俺は床を這いながら考えた。川中が『ブラディ・ドール』に間違いなくいる時間。それに合わせてある。宇野は、事務所にいるように仕組まれていたし、沖田が出かける可能性は、まず考えられない。

どこかが先に爆発するということは、多分ないだろう。ひとつ爆発すれば、ほかの二か所にいるはずの人間が、いなくなる可能性が強い。

仕掛けた男は、もう遠くへ逃げているに違いなかった。逃げる時間を稼げるだけでも、時限爆弾は仕掛ける方としては使いやすい。

「六時三十分までは、捜そう。それで見つからなかったら、避難だ」

キッチンの棚に上体を突っこんでいる山根知子に、俺は言った。天井でもの音がしているが、見つかった気配はない。

六時十分前に、山根知子が声をあげた。

医薬品を積みあげた場所だ。箱が床に散らばっている。段ボールのひとつの底。あった。

小さな、旅行用の眼醒し時計と一緒だった。

「触るなよ。うっかり触ると、爆発する仕掛けになってるかもしれない」

アラームのセットは、確かに六時四十五分だった。

「ひとつじゃない可能性もある。山根さんは、これを外に出してくれ」

「私たちも、外に出ていよう。車に乗っているから」

沖田が言った。三人が出ていく。

「六時三十分まで、捜すぞ。あと四十分近くある」

坂井が言い、俺は頷いた。医薬品の入った段ボール箱を、足でひっくり返していく。外で、セルを回す音がした。

見つからなかった。川中からも、二つ目が見つかったという電話は入らない。

白いクラウンの姿がないことに気づいたのは、六時十分を過ぎたころだ。山根知子が戻ってこないので、窓を開けて外を見て、そのことに気づいた。

暖房機のカバーをはずそうとしていた坂井に声をかけ、俺は玄関に出ていった。コンクリートの段のところに、山根知子がひとりで腰を降ろしていた。

「沖田先生は？」

「行っちゃったわ、二人とも」

「どこへ。爆弾はどこへ置いた？」

「爆弾も、持っていっちゃった」

「なぜ、止めねえんだ」

「男がなにかを決心した時、あたし止めたことがないの」

「なんだとっ」

いやな予感どころではなかった。

「行くぞ、下村。まだ時間はある」

「川中さんに」

「ポルシェに電話がある」

そのまま、俺はポルシェまで走った。坂井はすでに運転席に飛びこんでいて、エンジンをかけていた。俺は手首で受話器をはずし、『ブラディ・ドール』の番号をプッシュした。川中はすぐに出た。

「どう思う？」

「二人だけで死のうとするとは考えられませんよ。それなら、とうにやってる」

「わかった。俺は玉井の事務所へ行ってみる。連絡はキドニーの車にしろ」

電話が切れた。ポルシェは、海沿いの道を突っ走っている。ギプスの右腕で、俺は躰を突っ張った。

「ちくしょう、あの女」

ポルシェのヘッドライトに一瞬だけ浮かんだ、山根知子の姿を思い出して俺は言った。

知子は、玄関前のコンクリートの段に腰を降ろしたままだった。

「俺のドジだ」

コーナーでカウンターを当てながら、坂井が呟く。

「俺が、山根さんに爆弾を持っていかせた。そばに置いておけばよかったんだ」

「止めりゃいいじゃねえか。ひとりは病人なんだぞ。声だって出せたはずだ」

「そういう女だ。山根さんがそうだってことを知りながら、俺は爆弾を預けちまった」

「なにがそうだってんだ」

「死にに行く男を、止められない女さ」

「馬鹿な」

俺は膝に置いた受話器を、手首で叩いた。一瞬だけ、痛みが走った。

「宇野さんの車の番号を言うからな」

坂井が言う番号を、俺はプッシュした。

「宇野だ。下村か。いま、玉井の事務所のそばまで来てる」

「沖田さんは？　白いクラウンです」

「待てよ、川中だ」

川中が助手席に乗りこんだ気配だった。

「事務所には、誰もいない。街のどこかだ。捜さなけりゃならん」

「まだ、二十分以上ありますよ」

「玉井と会おうとしてる。それは確実だろうと思う」

「ビーチハウスは？　それから俺が連れこまれた港の倉庫」

「ビーチハウスは、秋山の奥さんに見に行って貰うことにした。倉庫は、沢村さんが見に行ってくれたよ。多分、どっちでもないと思う」

「俺たちは？」

「駅のむこう側だ。人の少ない場所が沢山ある。俺は、産業道路の方を捜す。白いクラウンだけじゃない。玉井の車はキャデラックのリムジンだ。そっちは目立つ」

「わかりました」

駅のむこう側。畠(はたけ)や田が多いところ。坂井にそれだけ伝えた。

海沿いの道を途中で右に折れ、狭い道を坂井は突っ走った。踏切が見えてくる。人家は少なくなっていた。

踏切を越えてしばらくすると、ほとんど農家と畠だけになった。対向車は時々いる。白いクラウンが来るとはっとしたが、ナンバーが違った。

「ちくしょう、時間が」

「焦るな、下村。見つかるよ。絶対に見つかる」

「済まねえ。俺は、眼を皿のようにしてるからよ」

沖田は、自動車電話で玉井と連絡をとり、会う場所を決めたに違いない。そんなに遠くであるはずはなかった。

「もうすぐ、産業道路に出ちまうよ」

「諦めるなよ、下村」

「諦めるかよ」

土地の権利証を渡す。だから助けてくれ。沖田はそう持ちかけたのだろうか。ようやく威しが効いたと、玉井は思ったに違いない。

六時四十分を回った。

電話。

「駄目か？」

「産業道路が見えるところまで、出てきてます」

「俺たちは、もうすぐ工場地帯だ」

「このまま、日吉町の方へ突き抜ける、と坂井が言ってます」

「わかった」

電話が切れた。ほかのなにかも、切れたような気が俺はした。ハイビームのまま、坂井は突っ走り続ける。

肚に響く音がした。俺は眼を閉じた。

「工場のある方だ。社長は間に合わなかったな」

闇の中に、赤い炎の色が見えていた。夕焼けの名残りのようだ、と俺は思った。坂井が煙草をくわえる。

産業道路に出た。トラックなどは、まだ多かった。

「整地をしてるが、まだ工場が建ってないところがある。そこじゃないかと思う」

闇の中の赤い色は、もう薄くなりはじめていた。

前方に、シトロエンCXの、特徴のあるテイルが見えた。人影が二つ。ポルシェのスピードも落ちた。

野球場のように広い場所で、車がまだ炎を出していた。長い車だ。多分、キャデラックのリムジンだろう。白いクラウンは、無傷でちょっと離れたところに停まっていた。

「なぜなんだ、ちくしょう」

車を降りて、俺は呟いた。

「最後の命を、燃やしちまったな」

川中も呟いた。手を握りしめようとしたが、右手の指さきはギプスに触れ、左手はなかった。炎が、さらに小さくなっていく。あと五分も経てば、闇に溶けこんでしまうだろう。

「行こうか」

「放っておいて、行くんですか？」

「もう、トラックが集まりはじめてる。消防車も来るだろう。こうなって、俺たちにできることはなにもない」

車に戻った。

街に入るまでに、三台の消防車と一台の救急車と二台のパトカーに擦(す)れ違った。前を行くシトロエンＣＸは、トロトロと走っている。

そのシトロエンが、いきなりスピードをあげたのは、街の中央通りに入ってからだった。

黒いメルセデスを抜いた。シトロエンのブレーキランプが、血を撒(ま)くように点滅した。

川中が降りてくる。メルセデスからも、男が二人降りた。

「あんたらに用はない」

「君は、川中エンタープライズの」

「そう、川中って者だ」

二人の男の間を割るようにして、川中がメルセデスに近づいた。俺も坂井も、ポルシェを降りていた。

「われわれは、警察の者だよ」

「ひっこんでろ。地べたに這いつくばることになるぞ」

二人が、かすかなたじろぎを見せた。

「この街が、お気に入りのようですな、大河内さん」

「君が、川中さんか」

メルセデスの中から、渋い声がした。刑事を二人、ガードに乗せている男。聞き憶えのある名前だったが、何者かは思い出せない。

「ヨットハーバーの跡地には、沖田記念病院ができますよ」

「乗らんかね。君とはじっくり話をしたい」

五十がらみの男だ。顔も、新聞かなにかで見たことがあるような気がする。

「反吐が出るな」

「君とは、手を結んだ方がいい、と判断するに到ったんだがね。この街を、もっと発展させたいとは思わんのか」

「ひとつだけ言っておく。この街に手を出すな。今度現われたら、俺も肚をくくる」

「好きなんだよ、ここが」

「俺は、一度しか言わない。最初で最後の忠告だよ」

「憶えておこう」

川中が踵（きびす）を返し、シトロエンに乗りこんだ。

俺も坂井も、車に戻った。メルセデスは発進する気配がない。脇を擦り抜けた。

シトロエンのテイルランプが、やはり血を撒くような光を放っていた。そのテイルランプに、俺たちはすぐに追いついた。

ハルキ文庫

き3-29

残照（ざんしょう） ブラディ・ドール⑦

著者 北方謙三（きたかたけんぞう）

2017年9月18日第一刷発行

発行者 角川春樹

発行所 株式会社角川春樹事務所
〒102-0074 東京都千代田区九段南2-1-30 イタリア文化会館

電話 03(3263)5247(編集)
03(3263)5881(営業)

印刷・製本 中央精版印刷株式会社

フォーマット・デザイン 芦澤泰偉
表紙イラストレーション 門坂 流

ISBN978-4-7584-4117-9 C0193 ©2017 Kenzô Kitakata Printed in Japan
http://www.kadokawaharuki.co.jp/[営業]
fanmail@kadokawaharuki.co.jp[編集]　ご意見・ご感想をお寄せください。